ハヤカワ文庫JA
〈JA1181〉

黒猫の薔薇あるいは時間飛行

森 晶麿

早川書房
7482

黒猫の薔薇あるいは時間飛行

目次

黒猫の薔薇あるいは時間飛行

プロローグ

「待っていたよ、マチルド」

黒いスーツを着た男は、するりと近づいて女との距離を縮めた。

「もしかして……黒猫？」

こんな形で再会するとは思っていなかった。マチルドと呼ばれた金髪の女は、黒猫の元に走り寄る。

ここはとても無機質な空間。

四方を白い壁が囲み、中央には黒いテーブル、その上には一輪の赤い薔薇を挿した緑のボトルが置かれている。

二人はその空間の左隅で、息がかかるほど顔を寄せ、向かい合っている。

夢でなら、何度も見たことがある。

黒猫と二人、どこか知らない場所で出会う。

ここではないどこかで。

もう少しだけ——。

わずかに近づこうとしたつもりが、距離感がつかめず、思わず黒猫と身体を重ねてしまう。触れ合った身体はそう簡単に離れない。離し方がわからないのだ。

「なんだ、積極的だな」

「ち、違うの！　今のは」

黒猫は笑う。

マチルドは無表情のまま、切り出す。

「約束のものを渡したかったんだけど、場所がわからなくなっちゃって」

「だろうね。だから君をここへ引っ張ってきた」

「ここは？」

「僕の部屋だ。まだ殺風景だけどね」

「時間、いいの？」

「いくらでも。いまはオフだ。君さえいいならね」

黒猫は、一度テーブルのほうへ向かって歩き出し、薔薇をつかむと再びマチルドの側へやってきた。

「これは、お礼」

「お礼？　言いたいことはそれだけですか？」

「……怒ってる？」

怒ってる、とは答えたくなかった。代わりに、プイと逃げるようにして、テーブルを囲む椅子に腰かけた。

「話してよ。私もいっぱい話したいことあるし」

黒猫はふむ、と言って薔薇をもとのボトルに戻し、斜向かいの椅子に座る。

「それじゃあ、君の話から聞こうか」

深呼吸をする。

黒猫との時間を、肺の奥まで吸い込む。

薔薇の香りまで一緒に入ってくるような錯覚に襲われる。

「いいよ」

第一章　落下する時間たち〈テクスト篇〉

1

ひそやかでひんやりとした空気が心地よい九月の夜だった。

Ｓ公園の池の穏やかな水面には満天の星が映し出され、木の葉は星をよけながら月を目指してゆっくり泳いでいる。

世界は夏から秋へと服を替える。自分だけが置き去りにされていると思うのは、気のせいだろうか。

この半年というもの、研究に行き詰まるたびにここを訪れるのが儀式のようになっている。

長いベンチに一人きりで座っていると、池から顔を出した岩の上に亀が二匹、こちらをせせら笑うように並んでいるのを見つけた。

「楽しそうじゃないの」

独りごとを呟く。そう言えば、ちょっと前に母親が言っていた。独りごとを言うようになったらおばさんよ、と。気づくのが遅かった。

はあ、と溜め息を逃がす。

去年の今頃、黒猫とM川に行った帰りにここで話しこんだことがあった。一度思い出の蓋を開けると、またいつもの調子でいくつもの景色が走馬灯のように襲いかかってくる。

口が自然に「くろねこ」と動いた。

黒猫——これはもちろん渾名《あだな》である。彼の自由奔放な論理の歩み方から、我らが学部長の唐草《からくさ》教授が命名したのだ。二十四歳で大学教授になるというのは、今の日本の大学事情を鑑みれば特例中の特例だ。こちらは大学時代の腐れ縁から、二月までその付き人を仰せつかっていた。

黒猫のパリ留学時代の恩師にしてポイエーシス大学学長のジャン・ノィリップ・ラテスト教授の要請を受け、彼は今年の三月、二十五歳の若さでポイエーシス大学の客員教授に就任した。

そうして黒猫がパリに旅立ってから、はや半年。地道に博士課程二年目を過ごしているこちらは、何度目かのS公園一人散策である。

いまの自分に、こんなところで寄り道をしている暇などないのはわかっている。

けれど——。

「あーもう！」

すべては半年間、事務的な連絡しか寄越《よこ》さない黒猫が悪いのだ。

三月に黒猫の気持ちを確認できた――気がしていた。

なのに、時間が経つほどにつかみかけていた確信は指の間からこぼれてゆくものらしい。

もちろん、もっと気持ちを強く持てと叱咤激励する自分もいて、そんな心の声に、そうだよね、うん、そう思うよと相槌を打ってはみるのだが、如何《いかん》せんこの半年に二度届いた便りの味気なさを思うと、一人相撲感が満載なのは否めない。

鈴虫の合唱が思考をかき乱す。

半年前、たしかに受け取ったと思ったのに。

冷たくなってきた指先で唇をそっとなぞってみる。この半年の間に何度くらい無意識に「あいたい」とか「くろねこ」とか呟いただろう。誰もいない場所で言葉に出したところで、何の意味もないとわかっていながら、そうせずにはいられない日々が過ぎた。

そろそろ帰って母上のために夕飯の準備をしなくては。

腰を上げかけて、何気なく池の縁に目をやると、そこに小さな赤い花が一輪咲いていた。灯台もと暗し。池の水面ばかり眺めていて、手前で短い命を焦がして咲き誇る小さな花を見逃すところだった。

そんな名もなき花のいじらしい姿を見ていたら、ある仕事の依頼で解釈を試みている

『万葉集』の和歌が自然に思い浮かんだ。

道の辺《べ》の荊《うまら》の末《うれ》に這《は》ほ豆のからまる君を離《はか》れか行かむ

防人《さきもり》が女にすがられて、旅立ちに未練を残している。万葉の時代では生きて戻ってこれる保証はない。今生の別れとも言えるシーンをノイバラに絡まる植物の様子にたとえている。

だが、この「女」は何者か、というところで解釈は変わってもくる。この時代、「君」と呼ばれる女性は若く、ふつう妻には使わないとも聞く。となると、まだ結婚前の女である可能性もあり、ただ別れを惜しんでいるばかりではなく、そこには「本当に戻ってくるんでしょうね？」「向こうで結婚したりしないでしょうね？」という、多少の疑念が絡んでもいるかもしれない。

——本当に戻ってくるんでしょうね、か。

気がつくと目は遠くを見つめ、ここではない空間を彷徨《さまよ》いはじめてしまう。いけないいけない。慌てて首を振って雑念を追い払う。

黒猫がいなくなってから、以前より物事を深く感じとれるようになった気がする。想いを馳せる対象が遠くにある時ほど、人間は芸術のなかに自分とその人との関係を見出すようになるものらしい。

毎日のように黒猫と顔を合わせる日常から、突如黒猫のいないからっぽの生活へ。そんな空虚な日々のなかで、研究も次第に行き詰まって空転していった。

満たされぬ気持ちを抱えたまま書店をうろついていたら、「あなたの恋はいつ死ぬのですか?」という身につまされる帯のキャッチに心を鷲摑みにされ、女流作家、綿谷埜枝《わたやのえ》の初期小説集『よろずの葉ども』の復刊本を手に取っていた。『万葉集』の和歌に材をとった恋愛短篇集で、じつを言えば先の歌も、依頼があるより以前にこの小説で知ったのだ。

読み進めるほどに、歌の奥行きが埜枝の小説を通してがらんどうの心に染み入る。本を閉じた後も、まだ味わいつくしていない気がして、自然とはじめのページに戻って繰り返し読むことになった。

ようやくポオ作品との関係性に気づいたのは、再三耽読したあとのこと。そして、そのことが結果的に遠ざかっていた研究への足がかりとなったのだ。

そんなことをぼんやり考えていたら、携帯電話が鳴った。

画面を見ると修士課程一年の戸影《とかげ》である。

「もしもし?」

「あ、先輩ですか? 明日ですよね、唐草教授とM川沿いの友井ビル最上階で待ち合わせしてるのって」

「……そうだけど、なんで……？」

明日は、ある論文を書くため、唐草教授に取材への同行をお願いしていたのだ。彼の個人的なコネクションを頼ってのことなので、大学院の仲間には特に知らせていない。それなのに、なぜ戸影が知っているのだろう？

「明日、僕もついていっていいですか？」

「はい？」

冗談ではない。ただでさえ初めての取材で緊張しているのに、厄介な後輩君の相手などしている余裕はない。

「唐草教授が先輩の許可をとっておけって言うんですよ。『将来の上司になるから』って」

将来の上司とは大げさな……。しかし、情報の出所はわかった。

「教授がそう仰《おっしゃ》ったのなら、私はべつに構わないけど」

この展開では、そう言うしかない。

待ち合わせ時間を知らせたあと、電話を切った。

なんだか、少しだけ明日が億劫《おっくう》になってきた。

もっとも、今日の昼までは楽しみな気持ちと緊張とが綯《な》い交ぜで気持ち悪いくらいだったのだ。余計な同伴者が加わったくらいで興奮がゼロになるわけではない。何しろ、ここしばらくどっぷり読み耽ってきた小説の作者、綿谷埜枝に会えるのだから。

思いがけない機会を作ってくれたのは、唐草教授その人である。学部長にして古今東西の美学芸術学の領域を網羅する生ける伝説。学部時代にゼミでお世話になって以来、こちらが研究の壁に頭をぶつけていると、そっと手を差し伸べてくださる。

今回もそうだった。

——まだまだ霧の中にいるようだね。だが、研究の森の奥深くに足を踏み入れなければ、その霧には遭遇しなかっただろう。いまの君のスランプは、次なるステージへ進むためのいわば必然的なものなんだよ。

そうでしょうか、と自信なく答えると、唐草教授はさらに続けた。

——迷いが生じているね。黒猫クンという鏡をなくして自分が見えなくなったかね？

穏やかに笑いながら、彼はそう尋ねた。

——そんな、鏡なんかじゃ……。

——いいや。君たちは互いが互いの鏡なんだ。私にはわかる。だからこそ、君を彼の付き人にしたんだ。

——え……？

——天才的な論文を書けるというだけでは、教授としてふさわしいとは言えない。彼は常人の思考を何段も飛ばして自論にたどり着く。ただし、着地に失敗すれば大怪我をしかねない。反対に君はテクストに入り込み、ときには出口さえ見つけられなくなる。だが、ひとたび道を見出したときは慎重にロジックを重ねられる地に足のついた学者タイプだ。君たちが身近な存在であれば、互いを高め合えるだろうと思ってね。

黒猫の異例な人事の裏には、指導者としての冷静な目論見《もくろみ》が隠されていたのだ。彼はそれから一冊の雑誌を取り出した。それは、わが美学研究科が出している機関誌『グラン・ムトン』だった。ふだんはプラトンだアリストテレスだと言っている先生方が、現代芸術やサブカルチャーなどに言及する。そのため学生たちの間では、美学を身近に感じられる入門書と位置づけられている。

——この雑誌に、短めの論文を発表してみないか？　君の純粋な研究でなくて構わない。日ごろ興味を持っていることを、美学に絡めて論じてくれればそれでいい。

恐れ多い話である。学部時代から定期購読してきた機関誌。自分なんかの論文でページを汚してよいのだろうか。

——気楽にやってごらん。美学について何も知らない学生たちに、自分たちのいる世界ではこんなふうに物事を見ているんだよと語るような気持ちでね。

少し考えたあと、修士課程二年目に英国短期留学を即決したときのように、思い切ってその依頼を受けることにした。

——綿谷埜枝の小説について書きたいんですが、ダメでしょうか？

すると、指導者の顔の下から喜びとも悲しみともつかぬ不思議な表情が覗いた。

——彼女の作品を気に入ったのかね？

——ええ、にわかファンですが。

唐草教授はゆっくりと立ちあがり、窓から外を見下ろした。

——彼女の作品について論じるとしたら、何を選ぶ？

それはすでに決めていた。迷わず「星から花」の名を口にする。

すると、唐草教授はまるで心に去来したさざなみを静かに外へ逃がすかのように、そうか、と言った。

——なるほど。デビュー作には作家のすべてがある、とも言う。だが、あの作品はじつに厄介だよ。あれは、言ってしまえば、供物《くもつ》だからね。

供物？

どういう意味なのだろう？

気になったが、聞き返す前に唐草教授が話題を変えた。

——もし君にその気があるのなら、彼女に直接あの作品について尋ねてみたらどうだろう？

——直接……ですか？

——そのほうが誌面としても盛り上がる。インタビューで見開き二ページ、次のページから対談を踏まえた作品解体。どうだろう？　面白くなりそうじゃないかな？

——ええ。でも——。

あの綿谷埜枝に自分がインタビューをする？　考えもしないことだった。相手は女流文学の世界ではもはや重鎮。そうそう簡単には実現できまい——と思っていると、唐草教授が言った。

——私から連絡を入れておこう。彼女とは同い年の古い知り合いなんだ。

こうして、とんとん拍子で話が決まったのである。

不思議と思い返されるのは、彼女の名前を出した瞬間の唐草教授の表情の変化だった。

あの表情は、何を物語っているのだろう？

我に返る。

目の前では、小さな赤い花が星屑の輝きを養分にして自己愛に耽っていた。

考えてもみれば、この夜の光景は、綿谷埜枝に出会う前夜にこそふさわしかったように思われる。

今回論文の題材に選んだ綿谷埜枝の処女短篇「星から花」は、まさにこんな星空から始まるのだ。

2

「星から花」は、今から三十年前に雑誌『ぶんぶく』の懸賞に応募され、話題を集めた綿谷埜枝の寓話的恋愛小説だ。

物語の舞台は、一時間も歩けば一周できてしまう程度の小さな惑星エボルグ。そこには長いことアイという女が一人いるだけだった。

ある星屑きらめく夜、飛行船に乗ってユーという男が現れ、彼女の日常に小さな変化が訪れる。

「あなたは何者なの？」問いかけるアイに、ユーは「僕は星から花を作っている」と答え、しばらくこの惑星に滞在させてもらいたいと頼む。アイは快く許可する。

ユーの飛行船はバオバブの樹を思わせる形状で、自発的に呼吸しており、アイの家のちょうど反対側に根を張る。

「あなたが花を作るところを見てみたいわ。どうやって作るの？」

すると、ユーは「中で見せてあげるよ」と言ってアイを飛行船へ案内する。船内は冷蔵庫のような四角形の機器があるほかには何もない。アイがその箱に近づこうとすると、ユーの表情が曇る。

「そのボックスにそれ以上近づいちゃ駄目だ」

なぜかは聞き返せない強い口調でそう言うと、ユーはすぐに温和な表情に戻り、バッグから小さな青い球体を取り出す。

「このアースのなかに小さな星を集めて入れるんだ」

ユーはアイにアースを持たせ、その背後から手を回してポケットから豆粒ほどの赤い星を取り出し、アースのなかに入れる。それを振ると、中から真っ赤な薔薇が現れる。アイは、それを見た瞬間、自分の心が赤く色づくのを感じる。

「これ、君にあげるよ」

その美しさに見惚れていると、ユーは「もっといっぱい作れるんだ」と言う。

「明日の晩、もう一度ここにおいで。また作ってあげるから」

嬉しい誘いだった。だが、気になることがひとつあった。部屋の隅に置かれたボックス。帰りがけ、アイがボックスにさりげなく目をやると、蓋の部分から微《かす》かに赤い花びらがはみ出していた。そのことをユーに教えようとすると、花びらはするするとボックスの中に消えてしまった。アイは、見てはいけないものを見たような不安な気持ちを抱えて帰宅する。

帰ってから、ユーのくれた赤い薔薇を改めてじっくり観察する。その花びらのひとつに小さな白い文字で歌が綴られていた。

山吹《やまぶき》の匂《にほ》へる妹《いも》がはねず色の赤裳《あかも》の姿夢《いめ》に見えつつ

〈あなたの赤いスカートを夢に見てしまいました〉とアイはその歌を解釈した。アイは赤いスカートを纏《まと》っている。彼は自分のことが好きなのだろうか？

その夜、アイはとても幸福な気持ちで眠りにつく。

ところが――不吉な夢を見る。

地面に横たわり、赤い薔薇の香りを嗅いでいると、ユーが現れる。アイが彼に話しかけようとすると、それより先に、彼女の持っていた薔薇が突然手をすり抜けてユーの肩に飛び乗った。

ユーはそんな薔薇を愛しそうに眺めながら、大地に穴を掘り始める。深くまで掘るとアイを振り返り、その穴に入るように命令する。なぜか逆らうことができないアイは、言われるままに穴の中に降りるのだ。

ユーと薔薇は何事か語らい、笑い合いながら行ってしまう。追いかけようと思うのに、アイの足は大地に根を張っていて追いかけることができない。

叫び声を上げて目を覚ますと、そこはいつもの自分の寝室。しかし、ベッド脇に置いてあったはずの赤い薔薇は消えてなくなっており、部屋中に無数の引っかき疵《きず》が見える。まるで薔薇の棘で引っかかれでもしたかのような。

さっきの夢がよみがえる。まさかとは思うものの、ユーと薔薇の関係を疑う気持ちが消えない。アイは早合点をしないように自分に言い聞かせる。夜になればわかる。星から花を作るところを見せてもらう約束だ。そのときに問いただせばいい。

だが、夕方近くになって奇妙なことに気がつく。ほとんど草木もないこの惑星に、なぜかぎっしりと蔓が生え始めているのだ。何か自分の与《あずか》り知らないことが起こっている。アイは急ぎ足でユーの飛行船へと向かう。そこで彼女が目撃したのは薔薇の蔓に絡められて変わり果てた、飛行船の姿だった。

薔薇たちはアイの姿を見て、クスクスと笑った。

——お逃げなさいな。もうあなたの出る幕はないわ。

「ユーをどこへやったの？」

薔薇たちは大笑いする。

——彼ならもう私たちの養分になったわ。私たちは永遠に一体なの。あなたと違ってね。

そのとき、アイはこの薔薇たちが昨日ボックスのなかに隠れていたことに思い至る。薔薇の勝ち誇った様子に恐れをなし、アイは慌てて逃げる。

彼女を追いかけるように、あたりに赤い薔薇が咲きはじめ、彼女の家のほうまで侵食している。次なる養分を求めているのだ。

アイは赤い薔薇たちが彼女を蔓に巻き取ろうとする直前に、小さな飛行船でエポルグから脱出する。

宇宙は広く、星はそこらじゅうにある。

ただ一つ。どこにもユーはいない。それだけは確かだ。

でも――とアイは思う。もしも万が一彼を見つけてあげられる者がいるとすれば、それはあの薔薇ではなく自分であるに違いない、と。

アイは飛行船からエボルグを見下ろす。その惑星は真っ赤な薔薇で埋め尽くされている。

そこで物語は幕を閉じる。

たった三十ページにもかかわらず、語られる幻想と怪奇のイメージはインパクトを持っている。薔薇の氾濫。星から花を作る男が、ついに自らの作った花に食べられる。ホラー小説やSF小説のようにも読めるが、やはり根底にあるのは恋愛だ。

そして、読み終えてなお残る謎。

ユーは夢のとおり赤い薔薇と結ばれてしまったのか、それとも本当はアイのことを愛していたのか。

ユーの心のなかは？

そんな疑問を抱えながら、自宅に戻った。

数日前に依頼されていた作業をどうにか終え、PCを閉じたときはもう真夜中。雑念に囚われながらも無事に終えられたのは奇跡的だった。本来なら少し気晴らしをしたいところだったが、明日が早いことを思い出してすぐにベッドにもぐりこみ、再び埜枝の作品について考えた。

　この世に生を享けた以上、深い愛を全身に受けて生きたいと女なら誰でも思う。だが、人生はそれほど単純ではない。想いは、ときに掛け違うのだ。ユーの心のなか——それは手にとるようにわかるようでいて、どこまでも遠い。前日にアイが見た夢の印象のせいかもしれない。

　知らず知らずのうちに、カーテンの隙間から差し込む月明かりを受けてきらめくガラスの女性像を見つめていた。彼女は夜も昼も机の上で、膝をわずかに曲げ、両手を優雅に広げている。

　好きだったんじゃないのだろうか？

　いけない。

　疑問のベクトルが曖昧になっている。アイとユーの問題を、自分と黒猫の問題とすり替えている。ユーの心理を考えていると、黒猫の内面を推測してきたこの半年の日課が返ってくる。

　黒猫は旅立つ前に、この〈彼女〉という名のオブジェを親友に作らせた。自分への贈り物として。

　好きだったから、くれたんじゃなかったの？

そんな公私混同な謎かけを繰り返すうちに、いつの間にか眠ってしまった。

飛行機の夢を見た。

飛行機に乗って黒猫に会いに行こうとしていた。

だが、その飛行機のなかに黒猫はいて、何か読めない文字で書かれた書物を読んでいる。話しかけても、彼は自分にはわからない言葉で答えるばかりだ。

いつの間にか飛行機から自分ひとりが落下する。

待って、と叫ぶ。飛行機は見えなくなる。

太陽が白くまばゆい。光が——憎らしい。

そこで目が覚めた。

最初に視界に入ったのは、デニムを穿いた母上の脚。彼女がこちらを跨《また》いでベッド脇の出窓のカーテンをぐいと開けているところだった。

「あなた、今日どこかへ行くって言ってなかった？」

「ん……ん？　あっ！」

言っていました。

まだ半分夢のなかにいる脳みそを奮起させる。時計を見ると、あと十分以内に出発しないと間に合わないという微妙な時刻。

ジーンズに薄いピンクのワイシャツを着るだけ。化粧も口紅を薄く引く程度しかしないので、顔さえ洗えば準備万端。

我ながら十分で外出の支度ができてしまうところは改善しなければと思うが、どうも最近支度に関してはむしろスピードアップしている始末。

バナナを手早く口に放り込みながら玄関に向かう。

「行ってきまーす」

母上は居間で本を読みながら手だけ振ってくださった。

階段を一段抜かしで降りながら、綿谷埜枝に面会するのに、こんな野を駆け巡るような出で立ちでいいのだろうかと今さらながら思ったけれど、もう遅い。脚も心得たものでそんな悩みに付き合えるかとばかりにどんどん進んでいく。

外は晴れ。百舌《もず》の鳴く声を聞いていると、まだ九月の初めなのに、これから秋にかけて紅に染まる並木通りに思いを馳せてしまう。

所無《ところなし》駅から池袋駅までが三十分、そこからさらに何度か乗り継いでM川駅へ向かう。

M川へ行くのは一年ぶりだ。調香師のいろはさんのもとを訪れたのが去年のちょうど今くらいだった。

駅から閑静な住宅街を少し抜けるとウォーターフロントに出る。ひときわ存在感を放っているのは、河川上流に位置するランドマークとして名高い友井ビルだ。三年ほど前に改修工事がされ、近代建築の粋を尽くしたようなシャープな建物に生まれ変わった。外観の配色をシルバーにしたのは川をイメージしたものと思われる。

毎年秋に行なわれるM川の花火大会の時には人ごみでごった返すが、ふだんは車の通りも少なく都心の聖域と言った風情だ。

友井ビルの最上階にあるレストラン、オフランドを待ち合わせ場所に指定したのは、唐草教授である。

エレベータに乗って陽光きらめくM川を見下ろしながら今日これからのことを考えると、上昇するほどに胸が高鳴ってきた。

3

「ずいぶん早くに来てたんだね」

オフランドの前にあるソファに座って、窓からの眺望を楽しんでいる青年に声をかけた。彼は振り向いてこちらを見つけると、爽やかに微笑んで答えた。

「男たるもの、女の子より先に来てなきゃダメですよ」

「ふうん」

白シャツにグレイのボウタイ、ダークブラウンのチェックのパンツ。今日の戸影はブリットな雰囲気だ。

「お洒落の方向性、ちょっと今日の趣旨と違わない？」

「先輩なんて完全にいつもといっしょじゃないですか」

戸影は口をとがらせる。

失礼な。たしかにまったくの普段着だが、よく見るといつもと違う種類の口紅を引いている。通常なら五分でできる支度も今日は七分くらいはかかっているのだ。

だが、そんなことを威張って言うわけにもいかず、むむむと次の一手を考えていると、背後から声がかかった。

「待たせたね」

深みのあるバリトン。唐草教授がオフランドのなかから現れた。どうやら先に来て店内で寛《くつろ》いでいたようだ。

「楽しそうだな。元気があって何より」

そういうわけではないのだが、適切な言葉も見つからないので黙って曖昧に笑っておいた。

唐草教授は白の山高帽《やまたかぼう》を目深に被り、チャームポイントの口髭を触角のようにピンと立てながら言った。

「久々にこっちに出てきたものだから懐かしくてね。ここの珈琲はじつにうまいんだよ」

「先生、こちらに地縁がおありなんですか？」

「私の生まれ育った家がM川沿いにあったんだよ」

教授は窓辺に近づいて顔を傾け、右下のほうを指差した。

「ちょうどあの辺り。ほら、空き地と公園のとなり」

そこに見えるのは、工場が連なる一画だった。

「今では材木工場になっているが、昔は家屋が並んでいた。私が二十四歳のときに火災事故があってね。今と違って木造家屋がほとんどだったから、大火事になって新聞にも載ったんだ。幸い、家族ともども早めに逃げて無事だったよ。本当に運がよかった」

当時を回想するように、唐草教授は目を細めて言った。

「この辺りも、昔とはだいぶ変わったな」

ある程度年を重ねると、若い頃の風景との違いに感慨を抱くものらしい。唐草教授は時のうつろいに思いを馳せている様子だ。

「君にことわりもなく戸影君を誘って悪かったね」

「いえ……」

ええそうですよ、せめて一言ことわってからですねえ、とは口が裂けても言えず、おずおずと遠慮がちに愛想笑いを浮かべてみた。だがもう長い付き合いなので、唐草教授もこちらがどういう人間を苦手としているか理解しているらしい。

「まあ君と彼とでは水と油かなとも思ったんだが」

「失礼ですよ、先生。僕はそんなに脂ぎってない」

戸影が横から口をとがらせて言う。

「彼は綿谷埜枝の大ファンなんだよ」と唐草教授。

本当だろうか、とつい怪しんでしまう。戸影の雰囲気があまりに綿谷埜枝の小説と合わないのだ。

「綿谷埜枝の小説のどんなところが好きなの？」

「先輩怖いなー、疑ってるんでしょう？」

「まあまあ、お手柔らかに頼むよ」

唐草教授は朗らかに言って歩き始める。

戸影が顔を寄せてこちらの耳元で囁いた。

「大丈夫ですよ、今日のために昨日の夜、十冊まとめ読みしたんですから！」

キッと睨み返すと、戸影は何の安心ももたらさないガッツポーズをきめてから唐草教授と話し始めた。やれやれ。どうか今日が無事に済みますように。

ビルを出て、一路綿谷邸へ。

M川を左手に眺めながら進んでいく。

きらきらと陽光の泳ぐ川面にサギがくちばしを突っ込んで魚を捕らえている。なかなかの狩人だ。去年の今頃も、こんなふうにM川沿いを歩きながら黒猫と話をしていた……。

ダメだ。また黒猫のことを考えている。

慌てて雑念を追い払う。

「ところで、君は『星から花』をどう論じるのか、方向性は決めているのかな」

唐草教授に問われ、ハッと我に返った。

「ポオの『アッシャー家の崩壊』との比較論でいこうかと思っています」

「ほう、それはそれは」

何やら楽しげに唐草教授は言う。こちらは良い反応に微かに顔を火照《ほて》らせながらも平静を装って続ける。

「あの短篇は、『アッシャー家の崩壊』の並行世界として描かれているような気がするんです。崩壊の裏側というか、後ろというか——崩壊のあとに残る景色に焦点を当てた物語じゃないかって」

「なるほど。面白い考え方だね」

「勘違いかもしれません」

「勘違いを突き進めて常識を覆すところに、研究の面白さがある。そうじゃないかね？」

そうかもしれない。それを何となく感じられるラインに、ようやく足を踏み入れているのだ。

「アッシャー家の崩壊」は、言わずと知れたポオの代表作である。

荒涼とした地に聳《そび》え立つアッシャー邸。そこに語り手がたどり着くところから物語は始まる。語り手は屋敷の主のロデリック・アッシャーの旧友だ。久々の面会で、語り手はロデリックの様相が以前とはがらりと変わっていることに驚く。

ロデリックは、この変貌は自分の家系特有の神経疾患によるもので、治療の施しようがないと語る。また、妹のマデラインが瀕死の状態である、とも。

語り手は書や音楽によってロデリックの精神を癒そうと努めるのだが、妹マデラインが死を迎えると、いよいよロデリックの精神は変調を来してゆく。

ある晩、アッシャー邸全体が黒雲に覆われはじめると、ロデリックの精神への影響を懸念した語り手は、ランスロット・キャニングの『狂える会合』という書物を朗読して気をそらそうとする。しかし、読み進めるうちにその書物と呼応するようにして不気味な音が邸内に響き渡る。

ロデリックは精神の臨界点を迎え、ある重大な告白をする。その告白が——あのあまりに有名で圧倒的なクライマックスの「崩壊」へとつながっていく。

「『アッシャー家の崩壊』は最後に赤い月のイメージが浮かび上がりますが、『星から花』はむしろ赤い月自体をモチーフにした作品というふうに読めます」

「最後に惑星を覆い尽くす赤い薔薇、か。いいポイントを突いている」

「ただ、そうした構造に還元しきれない何かがこの小説にあるのも確かかな、と。それは、もしかしたら公的な研究に向かない要素かもしれません」

たとえば——なぜユーの内面は描かれないままだったのか。途中まで丹念に描かれていたはずの二人のロマンスは薔薇のカタストロフによって立ち消え、後半は幻想的な逃走劇の様相を呈する。

そして——。

——あれは、言ってしまえば、供物だからね。

唐草教授のあの言葉は何を意味するんだろう？

「鋭いな。今日のインタビューが楽しみになってきたよ」

そう言って唐草教授は微笑んだ。だが、その表情には微かに疲労が滲んでいるような気がした。なぜだろう？　考えていると、戸影が横から口を挟む。

「……先輩って多層的に分析するタイプなんですね。予想外だな」

「単純で丸い鞠だとでも思ってたの？」

その発言がことのほか唐草教授の笑いのツボに嵌《は》まってしまったようだった。そんなつもりもなかったこちらは恥ずかしさに顔を赤らめるばかりである。

「先輩、べつに鞠じゃないでしょう、顎だって案外シャープだし。ねえ？　先生」

「そうだね。学部時代はもうちょっと丸かった気はするが。まあ黒猫クンの目からすれば、いまだに君は丸い鞠みたいに見えているんだろう」

　黒猫がふだん自分に言っていたことが無自覚に口をついて出ていたのだ。黒猫にはよく変なものに喩《たと》えられた。

「黒猫先生、ですか。懐かしいな、どうしてるんだろう、パリで」

　戸影がそう言うのを不思議な気持ちで見返した。まるで黒猫と旧知の関係のような言い草ではないか。

「あれ、先輩知らなかったんですか？　僕、黒猫先生のゼミだったんですよ」

「ふうん……」

「先生の講義を聴いてると、たまに先輩の名前が出てくるんですよ。『彼女には無駄な遠回りの才能がある。きっと足腰が丈夫なんだろう』って言ってましたっけね」

　アイツ……。

　なんだろう、この不在の人間に対する何とも言えないフツフツと湧き上がる怒り。

「普通の研究者には真似できない、とも言ってましたね。なんだか羨ましいなって思いました。黒猫先生が他人をあれだけ素直に褒めているのは聞いたことがないから。僕の論文なんかけちょんけちょんでしたよ」

「……」

　黒猫ゼミから入ってきた三人の学生はいずれも優秀だとは聞いていた。戸影は黒猫の高い要求を乗り越えてここまで来たのだ。そう思うと、ちょっと見直してやってもいいような気になった。

「本当は大学院でも黒猫先生につきたかったんですけどね」

少し寂しそうに戸影は言った。

そんな戸影の頭をはっはっはと笑いながらぺしぺしと叩いてやった。

「痛いです、先輩」

「青年よ大志を抱けって言うでしょ。頑張って黒猫を目指しなさい」

自分のことは棚に上げて宣言する。

唐草教授はニヤニヤするだけで黙っている。

そうこうするうちに住宅街に入った。その最初の角を曲がったところに大きな邸宅が見える。石垣のある家というのは、都内で滅多にお目にかかれないから余計に目立つ。

巨大な方形の石が積み上げられ、威風を放っている様は、都会のなかに出現した城塞さながらだ。

堆《うずたか》く積まれた石垣の上に松の木の頭が覗き、緑色の針が少しでも陽光を浴びようと我先にと競い合って伸びている。

「ここが綿谷埜枝の家だよ。埜枝の両親は、彼女が大学に入る少し前から軽井沢に隠遁してしまってね。一時期を除けば、かれこれ三十数年彼女一人で暮らしていることになる」

ここに——住んでいるのだ。ポオの世界に万葉の色を溶け込ませ、新しい寓話を作り出した女性が。

動悸がして、掌が微かに汗ばむ。

「行こうか」

唐草教授は、口髭にひゅいっと手を当てた。その少しだけ生真面目な表情に、緊張しているのが自分だけではないことに気づく。

深呼吸を一つしてから、唐草教授のあとに続いて屋敷脇の坂道を上り始めた。

4

ゆるやかなカーブをしばらく上るうちに、屋敷の門が見えてきた。右手の生垣に絡まるノイバラの赤い実が秋の彩りを添え、さらにそのとなりに大きな八重咲きの白い花もあって華やかな印象をもたらしている。

門扉も何もない、頑丈な杉の木で作られた潜《くぐ》るだけの門を過ぎると、庭園に出た。

広大な敷地には、中央の池を取り囲むようにして桂や赤松、橘などの万葉にゆかりのある木々が配されている。いわゆる日本庭園という感じではなく、ただ自然のままに育て、木を愛でているといった雰囲気で風情がある。

池の脇にある小道を通って屋敷の入口にたどり着く。ここも戸はあるものの開けっ放しだ。

土間がいまだにあるのも珍しい。大きな瓶《かめ》がいくつかあり、そのうちのひとつには水が張られ、なかで金魚が数匹泳いでいる。足踏みミシンや古いオルガンなどのアンティークが雑然と並んでいるところも、綿谷埜枝の幻想的な作風にはふさわしい。

「久しぶりだな、埜枝」

唐草教授が前方に向かって呼びかける。

仄かに暗い廊下から、すり足でやってくる人影がある。うぐいす色の質素な和服に身を包んだ女性が現れた。

著者近影ではよく見知っていた綿谷埜枝その人である。

唐草教授と同い年だというから五十四歳。だが、四十代といわれても通じるであろう張りのある肌に、ほどよい自然なメイクが映える。美人として持てはやされることに慣れた者だけが形成しうる落ち着きのようなものが心地よくさえ感じられる。

「いらっしゃい、ベスク」

ベスク？

どうやら唐草教授のことらしい。

唐草教授は苦笑いを浮かべ、答える。

「今日は教授という肩書きで来てるんだ。渾名はやめてくれよ」

「いいじゃない。そちらが今日のお客さんね？」

埜枝はまるで気にする様子もなく、唐草教授の背後に隠れる我々を見た。

唐草教授はこちらを紹介しながら、「うちの大学のホープだ」と付け加えた。そういう前宣伝は要りませんと思いながら頭を下げる。

「本日はお時間をいただきありがとうございます」

合わせて戸影も頭を下げる。

「まあまあ。かわいらしい。こんな若い方々がここを訪れるのは本当に久しぶりだわ。最近は編集者も高齢になっちゃって。私がおばさんになったんだから当然よね、ウフフ」

埜枝は朗らかに笑いながら、どうぞ、と奥を指し示し、「しばらく寛いでらして」と言い置いて襖《ふすま》を閉めた。

通された座敷は、二十畳はありそうな広さで、天井もふつうの日本家屋に比べてずいぶん高い。障子の上にしつらえられた螺鈿《らでん》細工も美しく、クラシックな雰囲気のなかに、さりげなく煌びやかな要素がちりばめられている。

唐草教授を上座に据え、若人《わこうど》二人は縁側に腰掛けて庭を眺めて待つ。

「唐草教授、以前にもこちらへ？」

「昔はこっちにあるM大学へも非常勤で来ていたからね。帰りにはよく立ち寄って、お茶をいただいて帰ったもんさ。最後に来たのはいつだったかな……ああ、そうだ。三年前に彼女が脳梗塞で入院したときの快気祝い以来だ」

へえ、と言いながら戸影がニヤニヤしている。彼が考えていることは何となくわかった。口にまで出すなよと念じてみたが念じ方が足りなかったのか、戸影は嬉々として尋ねた。

「もしかして、先生の昔の恋人、だったりして」

「やめなさいよ、馬鹿」

小声で叱りつけるが、もう遅い。

だが唐草教授は動じることなく答えた。

「なに、私だけが特別じゃない。ここは作家や芸術家たちの溜まり場だった。行けば必ず四、五人は泊まりこんでいた。連中はみんな金がないからね、ほとんど常駐宿みたいなものさ。そして、埜枝は我々みんなの高嶺の花だったってわけだ」

「埜枝さんはご結婚は……」

よせばいいのに、戸影は雑誌記者のごとく質問を繰り出す。

「彼女は若い頃に私の院生時代の親友と結婚したんだ。入学以来ずっと埜枝のことが好きだと公言していた男だった。だが、彼は結婚してすぐに死んでしまった。それ以降はずっと独り身をとおしているよ」

唐草教授はニヤッと笑って逆襲に出る。

「どうした、戸影君は年上好きか」

「ば……な、なに言ってるんですか……」

動揺のしすぎはかえってあらぬ誤解を招くものである。さらに頬まで赤くなるあたりはかわいらしい。

「お待たせしました」

盆を持って現れた埜枝は、正座して一礼すると、我々三人にお茶を配った。

「びっくりしたわ。あなたから連絡なんて珍しいから」

艶のあるアルトが耳に心地よい。

「この子が君の作品に興味を抱いているようだったのでね、そろそろその美貌を拝んでおくのも悪くない頃合かなと思ったんだ」

「初めて知ったわ。私に会うのに頃合があったなんて」

「君は季節ものなんだな」

そうして二人は笑い合う。本当に気心の知れた仲なんだな。男女でも、こんなふうに友情をずっと保つことができたら素敵だろう。

「私の小説のことで、聞きたいことがあるんですって？」

あの濃密な世界を描く小説家、綿谷埜枝がこちらを見ていると思うと、それだけで全身に緊張が走る。

「あの、その前に、今日のインタビューを誌面に……」

許可をとっていなかったことを思い出して慌てて切り出す。

「ベスクから聞いてるわ」

またベスク。はてどういう意味かと頭を働かせること十秒、唐草＝アラベスクだからベスクというわけか、と気づいてふむふむと頷いていると、戸影はもっと早くに気づいていたらしくこちらの反応を楽しんでいる。

唐草教授はお茶を飲みながら我関せずといった涼しい表情を保っている。

気を取り直し、レコーダーをテーブルの上に置いて、録音ボタンを押す。

「今日伺いたいのは、『星から花』についてです」

「まあ、懐かしい作品。若い方があの話に興味をもってくださるのはとても嬉しいわ」

「大好きで、もう何度も読み返しています。それで、私の勘違いかもしれないんですが……」

先ほど道中に唐草教授に話した解釈を披露した。すると、埜枝の表情に変化が現れた。

「驚いたわね。こんなお若い方からあの物語の構造を指摘されるなんて。発表当時も特に誰からも言われなかったのに」

「……じゃあ、やっぱり意識されていたんですね？」

こういう喜びは、すでにこの世にいない芸術家を解体することの多い美学界では得られないものだ。自分の解釈を作者に尋ねられるとは、なんと贅沢なことだろう。

「そう、あなたの指摘のとおり、私は何万光年も離れた誰も見たことのない星で起こっていたかもしれない、もう一つの『アッシャー家の崩壊』を描きたかったの」

とても——複雑な試みだ。

「あなたは頭がいいのね。もっと昔にお会いしていたら、文庫の解説はあなたで決まりだったわ」

「そんな……あ、ありがとうございます」

有頂天になってばかりもいられない。本題はここからなのだ。

「ただ、いくつかわからないところがあります。たとえば、ユーと赤い薔薇の関係です」

「……そこは読者の解釈に任せたのよ」

答えるのに、一瞬の間があった。

「たしかに、読者に委《ゆだ》ねている部分もあると思います。でも、それだけじゃないと思うんです。きっと何かべつの理由がおありになる。ユーは薔薇を愛していたのか、それとも薔薇の狂気の前にユーが倒れただけなのか」

埜枝はこちらをまっすぐに見つめた。

「きれいな瞳をしているわね。あなたがそこまでこの短篇にこだわるのにも、それなりの理由がありそうに思うけれど、違う？」

ドキッとした。わかりやすい性格なのはある程度自覚してはいるけれど、それでも初対面の人に心のひだに触れられると驚いてしまう。

「ねえ、もしよかったら庭園を散歩しながらお話をしない？　あなたと、女二人で秘密の話がしてみたいわ」

同性でも思わずうっとりしてしまうような優雅な微笑みを浮かべて、埜枝は言った。そんな提案を断れるわけがない。

「は、はい……あの、ぜひ」

「おやおや、我々はお邪魔か。せっかくついてきたのに」

唐草教授がおどけたように言ってみせた。

埜枝はこちらにウィンクを寄越す。悩殺である。再び唐草教授のほうを向いて言う。

「どうぞここでゆっくり寛いでいて。ほんの少しで済むと思うのよ。ね？」

「はい」

こちらも共犯者めいた笑みを浮かべる。

顔を見合わせながらきょとんとしている男二人をその場に残して、女二人はどちらからともなく立ち上がり、縁側から庭園へと降り立った。

5

拝借した下駄のサイズはぴったりだった。静かに土を踏みながら、埜枝の少しあとをついていく。埜枝はまるで植物に話しかけるように、通り過ぎる木の幹や枝、葉、つぼみに手を触れた。

「植物がお好きなんですね」

「そうね、昔から。『万葉集』が好きなのも、古《いにしえ》の日本の植物が多く登場するせいもあるのよ」

埜枝の小説に『万葉集』からの影響が色濃く反映されているのは、広く知られているところでもある。

「綿谷さんの作風は、決して国文学の影響だけに偏っていらっしゃるわけではありませんよね？」

「構造から言えば、海外文学からの影響について言及されることもあるし、日本の古い女流文学作家と比較されることもしばしばだわ。でも――最後に私らしい匂いをつけるのはやっぱり『万葉集』と物語の調和かしら」

匂い――その表現がしっくりくる。『万葉集』の和歌の世界と物語の構造との間で調和をとることが、結果として彼女の「匂い」になっている。

それは、綿谷埜枝自身の所作にも染み込んでいる。万葉の薫る女は微笑んで言葉をついだ。

「『星から花』を好いてくれる人は案外多いのよ、昔から。多くは女性だけれど、なかには男性もいる。共通しているのは――みんな何かしら過去に忘れがたい恋をしているということなの」

なぜか、頬がカッと熱くなった。他人事のように拝聴していたつもりが、突如当事者として巻き込まれる。

「恋……ですか」

「そう」

埜枝はこちらを振り返らず、無花果《いちじく》の樹に止まったカミキリムシをつまみ上げた。この子はとても悪いの、と巾着のなかにそれを仕舞い、「九月なのにまだ出るのねえ」と笑って立ち上がる。

「だからあなたに伺いたかったの。あの場で聞くわけにはいかないから。あなたには忘れられない恋があるのかしら？」

直球である。その横顔に誤魔化しや社交的な麗句が無用であることは理解できた。彼女が求めているのは本音なのだ。

——本音……忘れられない恋……。

恋なら小さい頃から数え上げてもいくつかある。だが、いまこの瞬間に、忘れられないと言える恋は、結局のところ現在進行形の恋でしかなかった。

「……あります」

腹を括《くく》ってそう答える。

すると、埜枝の表情がそっと優しくなった。

「そう。正直に答えてくれてありがとう」

いえ、と言いながらもじもじと背後をついていく。

彼女はその間にもそれとなく木々の世話を行なう。枯れた葉を取り、傷ついた枝の強度を確かめる。雑草は抜かれていないが、決して手入れがされていない、という印象ではない。むしろ、「手入れ」という概念自体に疑問を抱かせる、そんな庭だ。

たぶん、この庭だからこそ本音を言うのがそれほどいやではなかったのだ。ここでは気持ちに嘘をつくことができない。

埜枝はふと足を止めると、こちらを振り向いて言った。

「作品の根幹には、作家の私的体験がある。直接的にはストーリーに反映されない場合もあるけれど、必ず血となり肉となって作品のどこかに出てしまうものなの。

私は、小説のテーマに則して機能的にすべてを配するようにしているけれど、処女作だけは違った。恐らくあなたが問題にしているのはそこの部分なのよ。違うかしら？」

「……そうかもしれません。たしかに『星から花』だけは、それに還元できない何かがあると思いました。

たとえば、『星から花を作る男』という設定もそうです。どうして星をアースに入れて花を作るなんて突飛なことを考えたんだろうって考え出すと、非合理的な設定に思えて。これが、いつも想像力の飛躍をする作家ならわかるんです。

でも、その後の作品では、綿谷さんはそういったことはされていません。あくまで偶然を排除して寓意的な構造を作り出しています。なのにこの作品はそうではない」

「思ったとおり。処女作だから、という言い訳はあなたには通用しないようね。それで尋ねたのよ、恋をしているのかって。あなたは私に作品のなかのプライベートな部分を語れと言っているのに等しい。だけど、私はあなたのことをよく知らないわ。だからあなたにも偽りなく自分の大事なことを教えてほしかったの」

自分の大事なこと——。

埜枝は、覗き込むようにこちらを見てさらに尋ねた。

「あなたの恋は死んだ恋？　そうではないわね？」

目でわかるのだろうか。埜枝の瞳にはそんな力さえ宿っているといわれても信じられる。知らず知らずのうちに、告白していた。

「私は――いま好きな人がいます。すごく遠くに。でも、その人がどこにいても見つけたいと思うし、私も見つけられたいと思います。だから『星から花』に心惹かれるんだと思います」

言ってしまった。誰にも言ったことがなかったのに。

埜枝は、にっこり笑ってこちらの手を握った。

「よろしい。よくできたわ。それじゃあ教えてあげる」

一次試験、通過。

ホッとしている暇はない。本題はいよいよこれからである。

「あなたのご想像どおり、あれは実際に起こったことでもあったのよ。私は星から花を作る男に出会い、恋をしたの。でも、その男から贈られた赤い薔薇は一夜にして消えてしまった」

消えたとはどういう意味だろう？　尋ねるより先に埜枝が続ける。

「あれは、今から三十年以上昔のことよ。季節は、そうね、ちょうど今くらいだったかしら」

彼女はおもむろに、ある奇妙な出来事について語り出した。

6

三十年前、埜枝は都内にある若き植物学者、國槻瑞人《くにづきみずと》が創始したゲニウス植物園にいた。彼女はよく父親に連れられてそこを訪れていた。起伏に富んだ雄大な敷地は、世界の多彩な植物群が地域の区別なく生態ごとに寄り添うように配された楽園だった。

ひとつひとつの植物に名札はついておらず、園内のどこに何の植物があるのかも記されていない。入園と同時に渡される〈ぼたにか手帖〉が唯一の手引きだ。そこには植物のスケッチと詳細な解説が載っている。

「知っている植物から類推するかぎり、季節で分類されているのね。私はその小冊子を手がかりにして園内を歩き、植物について多くのことを学んだものだわ」

彼女は一ヵ月に一度の割合で植物園を歩いた。そうすると、きまって「植物と小説は似ている」という父の言葉を思い出した。彼女の父は小説家だったが、植物についてはその分野の学者の友人と議論を交わすほどに詳しかった。

「ゲニウス植物園を散策するとき、私は必ずバオバブの樹の前で立ち止まっていたわ」

その日も埜枝は、植物園の中心にある樹齢千年とも言われる巨木の細かく枝分かれした頭部を見上げていた。

立入り禁止のロープなどが一切ないこの植物園では、バオバブの幹の空洞にも自由に出入りでき、運がよければ、そのなかで栗鼠《りす》に遭遇することもあった。

——ここに何頭象がいれば、この樹に生《な》った実を食べきれるだろう。

背後から男が話しかけてきた。自分にかけられた言葉だとは思わなかったが、そこには二人のほかに誰もいなかった。彼女は答えた。

——一本だけならそう難しくはないかもしれないわね。三本ならべつだけど。

男は笑いながら言った。

——人間はバオバブの前ではありのままを晒《さら》せるんだ。とても罪深い樹だから。そして時間そのものだから。

男はそう言ってバオバブの樹に抱きつき、耳をその幹にくっつけた。

——君もやってみてごらん。耳をこうしてくっつけて。

何だか変な人だと思いつつも、埜枝は言われたとおりにしてみた。耳をくっつけても何も音はしなかったが、しばらくじっとしていた。

すると——。

風が髪を揺らした。

ブゥウワォオオオン
風の響鳴。

――これはね、時間の音だ。

――時間？

――そう。何百年という時間が、吹き抜ける風に答えている。僕たちはいまその会話を盗み聞きしてるんだ。

悠久の時間のなかに自分たちがいる。

どれくらいの時間が経ったのだろう。実際には十分くらいだったのかもしれない。だが、とてつもなく長い時間が流れたような気がした。幾度となく風が吹き、バオバブが答えた。その音はシャワーのように降り注ぎ、体を軽くした。

――木も花もね、直接声を聞かないと見えてこないことがあるんだよ。

男が身近に感じられた。

二人はすっかり意気投合して、植物園のなかを一緒にしゃべりながら歩いて回った。

彼は植物の名前に詳しかった。そして、このゲニウス植物園の歴史についても深く語った。

土地の精霊という意味をもっていたゲニウスがジェニーの語源としてフランスに渡り、十六世紀に「性格」という意味を派生させたこと、それが現在では「天才」の意味で用いられること、その語の変遷には「風土が人を作る」という思想が見えること。

その頃の埜枝は目的もないまま修士課程に進み、ただ暗中模索な日々を過ごしていた。

そんなときだったからこそ、彼の言葉に刺激を受けたのかもしれない。

　埜枝は思い出すように言う。

「私には当時流行っていたシュルレアリスムやダダイズムは難しかったし、ベスクみたいに美学を究める気もなかった。まして芸術家になるなんて論外。だから芸術の世界に自分の居場所はないだろうと思ってたのよね。でも——彼の話を聞いていると、もしかしたら違うのかなって」

「具体的には、どういうことでしょうか」

「たとえば人間以外の動物にも意思があるように、植物にも意思はある。そういう人間以外のさまざまな意思のベッドのなかで、自分の意思をふわりと横たえるような芸術なら、自分にもできるかもしれないって思うようになったの」

　視界が開かれた、というのだろう。偶然の出会いによって、ビジョンが与えられた。

「不思議だったわ。まるでバオバブの樹に動かされているみたいに」

　二人はその後、互いに名乗ることなく、ゲニウス植物園を出て別れた。

「今考えれば不思議だけど、そのときはそれが自然な流れだったのよ。だって私たちの周りには植物しかいなかったのよ。そんななかで『お名前は？』なんて、何となく下賤《げせん》な気がしない？」

植物はしゃべることができない。

彼らは繁殖でさえも他人任せだ。風を頼り、虫を頼り、鳥を頼り、それでも静かに新天地を目指している。

現実の二人は植物を真似た。そして「星から花」では反対に植物が人間を真似るのだ。口がないはずの薔薇はアイに逃げろと言い、追いかける。むしろ、あの話では薔薇のほうが生き物のように描かれている。

わからないのは——。

「それで、『星から花を作る男』というのはいったい……」

そう。まだ肝心の部分が謎のままだ。

「ちょうど薔薇が集まっているあたりに差し掛かったとき、彼はノイバラを指で撫でながら言ったの。『僕は星から花を作るんだ』」

あれは幻想でも何でもなく、現実に彼女が言われた言葉だったのだ。

あの日、二人は植物に魅せられて人間の男女がするような約束を何も交わさなかった。

だから——。

「だから、持って行き場のなくなった思いをしたためるために『星から花』でその日の思い出を書いたんですね？　星から花を作るという設定が生きるように、舞台を地球ではなくある星にして、それで……」

「せっかちな子ね。話は最後まで聞くものよ」

埜枝は笑って諭し、うっとりするような目で白いコスモスを愛でた。

「運命って不思議なものね。私たち、その数日後に再会したの」

植物園で言葉を交わして以来、埜枝は日常のふとしたタイミングで男のことを考えた。あの日に交わした言葉を思い返している時間は至福のひとときでもあり、同時に胸が締め付けられるような苦しい時間でもあった。

二人が再び出会ったのは、それから数日後。

彼女が庭の手入れをしているときのことだった。

はじめに気づいたのは埜枝のほうだったという。男は生垣から飛び出たノイバラを眺めていた。

それから、男はようやく彼女に気づいた。

――これは君の楽園?

埜枝は男との偶然の再会を内心で喜んだ。

彼女は、彼をなかへと誘った。

――こうしてゆっくりと四季のうつろいを見るのが僕の日課なんだ。

彼は幸せそうに庭園を眺めていた。

――この間の話、花を作るという……。

――ああ。

詳しく聞きたい気持ちはあった。華道の師範なのか、造花師なのか、それとももっと違った職業なのか。そして「星」とは何なのか。

だが、出てきたのはシンプルな質問だった。

――あなたは何のために花を作るの？

――わからない。鳥のためかもしれないし、虫のためかもしれない。でも、それを僕自身が知っている必要はたぶんない。

――それで、不安じゃない？

何のためかもわからない人生。それでこの人は怖くないのだろうか。自分の生き方に答えを見出したかった埜枝は、本心から男の考えを聞きたいと思った。

――僕にできるのはただじっと対象を見つめることだ。時間の奥に潜む美に、焦らずに耳を傾ける。そこには何の不安もないんだよ。

不確かな回答ながら、揺らぎはなかった。

埜枝と男は、夕方まで語らい、男が教える遊びに興じたりした。互いの指と指が触れ合うたびに、手に緊張が走った。

松のてっぺんに夕陽が引っかかったところで、男はそろそろ行かなくては、と言った。

埜枝は勇気を出して、その裾《すそ》をぐいと引っ張った。

――もう少しだけ、お話ししませんか？

強引な女だと思われただろうか。埜枝はただ、本当にもう少し話をしたかったのだ。もう少し。できるならずっと。

――では、あと少しだけ。

――お酒は飲めますか？

――たしなむ程度には。

――よかった。

埜枝は奥から紹興酒《しょうこうしゅ》を持ってきた。気持ちは自然と華やいだ。

一口飲むと、埜枝の頬はぽうっと赤く染まった。

そんな様子を見て、男はそっと埜枝の頬に手を当てた。ほんのひと触れ。それが二人の一度だけの触れ合いだった。

一瞬だが、二人の視線は強く絡み合った。

ある特定の男女の仲にだけ起こりうる瞬間が、二人に起こったのだ。男はすぐに手を引っ込めた。その運命から逃れようとするように。

――行かなくては。

慌てているようだった。男は埜枝に持っていた紙袋を渡した。

——この薔薇をあげるよ。君に似てるんだ。

そう言って男はそれを押し付けた。

ピンクがかった赤色の美しい花の鉢植えだった。そんなふうに咲く薔薇を、彼女はこれまで見たことがなかった。

そして、とうとう尋ねた。あの日、植物たちに阻まれた質問を、酔いの勢いに任せて。

——お名前を聞かせてくださる？

だが、男は微笑んだだけで、その問いをかわした。

——また今度にしよう。君が次に会ってくれるなら、だけど。

——もちろんだわ。

——それじゃあ、明日の夜、友井ビルの最上階にあるオフランドというレストランに来てくれないか。


話を止めて、埜枝は両手を頬に当てた。そのときの火照りがよみがえってでもいるみたいだ。

「胸がじりじりと焦がれる音が聞こえるようだったわ。繊細で、でも大地に根ざした優しさが感じられる人」

それから不意に埜枝はこちらに顔を寄せた。

「だから不思議なのよ。どうしてあんなことになったのか」

「あんなこと？」

埜枝は、まるで空中に謎が浮かんでいるかのように、一点を凝視したまま話し始めた。

7

その日、男が帰って少し経ってから、大学の同級生の男女三人が二次会の場所を求めて埜枝の家に流れ着いた。広い屋敷に一人で暮らす埜枝を気遣って、彼らはよく屋敷に来てくれたのだ。

その日の彼らはすでにしたたかに酔っていたから、二階の寝室に案内して、彼女は縁側で一人薔薇を見て過ごした。

そうしているうちに、そのまま縁側で眠ってしまったらしい。

翌朝のことだった。

「目が覚めた私は、寝ぼけながら隣に置いておいた赤い薔薇を探したわ」

薔薇はあった。昨夜と同じ、白い無地の鉢植えに入った状態で。

ところが――。

その鉢植えには、奇妙なところがあった。

「花がね、違うのよ」

「違う?」

「そう。前日の赤い薔薇の代わりに、白い薔薇が植えてあったの」

「入れ替えられた……ということですか?」

「わからないわ。私にわかるのは、そういうことが起こったという事実だけよ」

薔薇の消失。

埜枝はわけがわからず、混乱した。誰かが入れ替えたものか。最初のうち、泊まりにきた同級生たちが埜枝をからかったのではないかと考えた。だが、彼らに聞いても知らないと言うばかりだった。

それに、二階から一階に降りてくるにはぎちぎちとうるさい音の鳴る階段を降りなければならない。埜枝は眠りがあまり深くない体質だ。さすがにそんな物音がすれば簡単に気づけたはずだ。

となると可能性は——。

埜枝の脳裏《のうり》に、男の顔が浮かんだ。「まさか」と「もしかして」が交錯する。ほかに思い当たる節もない。

今夜、男に会いに行けばわかることだ。

彼女はそう期待していた。

だが、運命は彼女に残酷だった。

「来なかったわ。三時間待ち続けたけれど、彼は現れなかった」

「そんな……自分で呼び出しておいて、ですか？」

「ええ。現れなかった。ショックだったわ。気が動転していたせいもあって、私は花が入れ替えられたことと重ねて考えたの」

「重ねて？」

男は家を出たあと何らかの理由で心変わりをする。もしかしたら男にはすでに恋人がいたのかもしれない。

「それで、一時の気の迷いだと思い直して、ここへ花を取りに戻る」

「でも、もし埜枝さんが起きていたら……」

「起きていたら、きちんと話すつもりだったのかもしれないわね。私が眠っていたから──

──」

花をすり替えた。

ただ花を取り戻すだけでは、心変わりを表明できない。

そこで、代わりに白い花を置いていく。

「な……何のためにそんなことを？」

「もちろん、赤く色づいた思いは一夜で冷めました、と意思表示するためよ。そう考えると、納得できる気がしたの」

優しさなのか、冷酷さなのか。

どちらにせよ、心変わりをそんな形で示す必要があっただろうか？　もし本当にそのつもりでやったのなら——自分だったら男が許せないだろう。

「……その後、彼とは？」

彼女は静かに首を横に振った。

「それっきり。秋の夜のロマンスは幻となりぬ、よ」

それから埜枝はぱんと手を叩いた。

「はい、これで私の哀れな一人相撲の失恋物語はおしまい」

「そんな、一人相撲だなんて」

「いいのよ。恋愛の楽しみって自分が誰かを好きになることだから。誰かに好かれるかどうかっていうのは確率でしかないし、そんなものは初めから私のなかでは恋愛の楽しみに含まれていないわ」

でも、と埜枝は言った。

「ふだんそう思っているはずなのに、直後は落ち込んだのね。その鉢植えをゴミ箱に投げ捨ててしまったわ。今の私なら絶対に考えられないことよ」

落ち着いたのは、数日経ってからだったと言う。

「恨む気持ちはまだあったと思うけれど、それよりもあの濃密な時間が忘れられなかった。ほんの短いひとときのなかに、一生分の幸福が詰まっているような不思議な充足感があった。時間を巻き戻せるなら、もう一度戻りたいくらい。そして――思ったわ」

彼がどこの星にいようとも、自分ならすぐに見つけ出せるだろう、と。

「それが『星から花』を書くきっかけだったんですね」

「そう。もうわかったでしょ？　ユーの本心も薔薇の消えた理由も、いまの話とつながっている。雑誌に応募こそしたけれど、本当は恥ずかしいくらい個人的な作品だったのよ」

それから埜枝はこちらに顔を寄せ、声を落として言った。

「だからユーの本心をいちばん知りたいのは私かもしれないわね。もし正解がわかったら、私に教えてちょうだい。こっそりとね」

もうさっきまでの天真爛漫な表情に戻っている。

「その男性に会いたいと思いますか？　いまでも」

「どうかしらね。時間って不思議なものよ。もう一度と願ってそのとおりの時間が降ってきても、きっと最初のときほど幸せにはなれない。あの瞬間にしかないものってあるのよね」

遠くを見るような表情には、成熟と落ち着きを纏った者だけがもつ独特の憂いが漂っていた。

「大事にしまっておられたお話をしてくださってありがとうございます」

「何の参考にもならなかったでしょう？　うまく誤魔化して仕上げてちょうだいね。オフレコだらけのお話だから」

神妙に何度も頷き返す。

「そう言えば」座敷に戻りかけたとき、ずっと頭の片隅にあった謎が口をついて出た。

「唐草教授が、あの作品は〈供物〉だと仰っていたんですが、どういう意味なんでしょうか？」

その言葉に、埜枝の表情が一瞬硬くなった。

「ベスクがそう言ったの？」

「はい」

「そう……そう思われても仕方がないわね」

彼女の顔は、日差しのなかで悲しい色に染まった。

その後、座敷に戻ってみると、二人の男は机の上に紙を敷き、そこに書かれた九つの桝《ます》目に○と×を記した紙切れを置いて遊んでいるところだった。

「な、何をやってらっしゃるんですか、唐草教授！」

「ノーツ・アンド・クロッシーズ」

唐草教授はいたずらを見つかった子どものような顔で微笑む。

横から戸影が解説する。

「三目並べですよ。暇つぶしにはもってこいだって唐草教授が言うから」

またやってたのね、と言いながら埜枝は唐草教授に新しいお茶を入れた。

「それで？　勝敗は？」

「十回やって十回とも引き分け」

それを聞いて埜枝は嬉しそうに笑った。彼女が笑うと、それだけで場の雰囲気が和やかなものになる。

戸影はなおも机の上の紙をじっと見つめて、勝てる手を探しているようだった。

唐草教授はもう勝敗に興味がないようにお茶を啜り、埜枝に話しかけた。

「体調はどうだね？　君が倒れると泣く男が多いからね」

「ありがとう。最近は調子がいいのよ。今日は久々に楽しい時間をもつことができてよかったわ」

教授は頷き返し、こちらを見て言った。

「インタビューはうまくいったかい？」

「それが……」

「秘密の話を雑誌に掲載させる気？」

埜枝の挑むような調子に、唐草教授はおどけて首をすくめ、

「これは、どうやら違う方法を模索するしかなさそうだな」

彼の言うとおり、対談形式にした掲載は諦めざるを得ない。

それからしばらく雑談を楽しんだ後、我々三人は綿谷邸をあとにした。

帰りがけ、埜枝の話についてあれやこれやと思考を巡らしていると、唐草教授に声をかけられた。

「男はどうやって赤い花を白い花にすり替えたのか」

「どうして……埜枝さんとの秘密の話を唐草教授がご存知なんですか？」

「なぜ――。そうだな、そこには不毛な道理がある。この世はさまざまな不毛な道理に満ちている。ノーツ・アンド・クロッシーズで引き分けるのはなぜか。戦争がなくならないのはなぜか。二人だけの秘密の話を第三者が知りえているのはなぜか。赤い花が白い花にすり替えられたのはなぜか」

歌うような唐草教授の調子に、もしや自分は誤魔化されようとしているのではないか、と不安になった。

が、そんな心配を見越したように唐草教授は言った。

「煙に巻こうってわけじゃない。答えというのはいつも至ってシンプルだということさ。

シンプルじゃない解答はたいてい間違っている」

「謎かけですか?」

「いや、そのままの意味だよ。埜枝と君が二人だけで話していた事実を僕が知っているとしたら、それはなぜか?」

横から戸影が言う。

「唐草教授も埜枝さんから同じ話を聞いていた」

「シンプルじゃないね。それに埜枝はいろんな人に同じ内緒話をしたりはしない。彼女が内緒と言ったら、内緒の話だ」

余計にわからなくなってきた。内緒話は内緒話である。だが、第三者が知っていてもおかしくはない。なぜ?

少し考えてから、おずおずと答えた。

「唐草教授は内緒話のなかの登場人物なんですね?」

「エレガントな解答だ」

唐草教授は組んでいた手を解き、ピンと立てられた口髭を指で撫でた。

戸影はチェッと舌打ちをした。

「なんだ、それじゃあここから先は、僕は入れないや」

子どもじみたことを言ってすねている青年は放置するとして、こちらはなぞなぞの続きに挑戦である。

「その晩に泊まりに来た同級生の一人が、唐草教授だったんですね？」

「条件は満たしているね。いかにも、僕は彼女の同級生だ」

朝になって花の行方を埜枝に問われたから、その謎を知っていて当然だ。

「それに、『星から花』はあの日の出来事がそのまま題材にされているからね。違うのは花びらに和歌は書かれていなかったという点くらいだろう。それともう一つ、こんな推理も付け加えられる。私は当時大学が終わると、週に三回はオフランドでボーイのアルバイトをしていた。だから彼女が誰かを待っていたことも知ることができた」

「なるほど……」

唐草教授は彼女の秘密の恋を類推できるポジションにいたのだ。

「さて、と。巻頭インタビュー企画はお流れになったが、これはまあ想定内。それより、あの日の話と『星から花』がリンクしていることはわかったんだろう？」

「はい、わかりました」

唐草教授は静かに頷く。その内面は読みにくい。

「だから厄介なのさ。あの作品を論じるのは」

「埜枝さんの恋した男性の心の中が見えないせいだと思います。でも、花がすり替えられた理由がわかれば、彼の気持ちも見えてくる。そんな気がするんです」

そうか、と力なく言って、唐草教授は先を歩く。その背中は、なぜかひどく寂しげだった。一瞬――果てしない片思いに苦しむ青年のような切なさが漂う。

その後ろをついていきながら、戸影が完全にむくれている。

「ひどいなあ、二人で僕にわからない話をして」

そんな戸影をとりなすように唐草教授は言った。

「せっかくだから彼を期間限定で君の付き人にしようじゃないか」

「は、はい？」

何を言い出すのやら。

戸惑っているこちらを無視して、戸影は盛り上がりだす。

「それ、最高の提案です。さすが我らが学部長」

「その代わり、重要なアシストをできない場合は即刻解雇してもらうことにしよう」

「うう、きびしいなあ……」

戸影は頭をかいてから、それでも嬉しそうに腕をぶんぶん振り回し始めた。

「戸影クン、いいアシストをして点を稼ぎたまえ。君はすでに彼女をめぐる勝負では黒猫クンに後れをとっているんだからな」

「ちょ……唐草教授、何を言ってるんですか！」

本当に何を言い出すのやら。

「はい、がんばります！」

「がんばらなくていい！」

その様子を楽しそうに観察しながら、唐草教授は涼しげに言った。

「若いというのは素晴らしいね。戻りたいとは思わないが。さあ、どこから手をつけるのかな？」

どこから——。問題は手をつける前がいちばん厄介に見える。ならば、動き出すことが解決の糸口をつかむことにもなるだろう。

心のなかで謎を並べてみる。
●なぜ赤い花と白い花はすり替えられたのか。
●いつ、誰が、どうやってすり替えたのか。
●星から花を作る男とは何者だったのか。
●彼はなぜ翌日の約束を破ったのか。
●彼は埜枝のことをどう思っていたのか。
謎を並べてみると、次にとるべき行動が自然と見える気がした。

「まずは、二人が最初に出会った場所だというゲニウス植物園に行ってみたいと思います」

二人が出会った場所。それは同時に「星から花」の原風景でもあるはずだ。バオバブの樹はユーの飛行船のイメージにもなっているし、問題の赤い薔薇についても調べられるかもしれない。

それに、依頼された仕事の一部をそこで片付けることもできる。

「ちょうどこの駅の隣だし、寄ってみるといい。植物学者としての國槻先生の思想が色濃く反映されていて、造園家としての彼の一面を知ることもできる。僕も昔は國槻先生にお世話になっていたからよく行ったものさ」

電柱に止まった鮮やかな色をした鳥が一声鳴く。

「ほう、まだ三光鳥《さんこうちょう》が鳴くか」

その鳴き声は過ぎゆく季節を憂う線香花火を思わせた。

初秋の息遣いに耳を澄ましながら、謎の項目を一つ加える。
●唐草教授はなぜ「星から花」を〈供物〉と形容したのか。
黒猫ならどう考えるだろう？

半年前とは違う。となりに問いかけるわけにはいかないのだ。

第二章　舞い上がる時間たち〈テクスト篇〉

1

アブルヴォワール通りの朝は九月がいちばん美しい、とマチルドは思っている。彼女の祖父とは意見が異なるけれど。

秋になると、パリはいよいよ人生の喜びと哀愁と恋とがせめぎあう愛しい街となる。小さな都市でありながら、人生そのものと表現したくなるようなスケールの大きさを見せ始めるのだ。

だが、ミクロの視点に立てば、別の顔が見えてくる。たとえば、爽やかな陽光の降り注ぐアブルヴォワール通りに訪れている秋はもっと小さくてかわいらしく、ただ心地よいものだ。

タヒチからパリのモンマルトルへと居住地を移して、はや四年が経とうとしている。最愛の父を失った悲しみから逃れるべく、記憶の染みついた地を離れたマチルドにとっては、この場所こそがパリであり青春そのものだった。彼女は、自らの人生を歩むためにここへやってきたのだ。

――モンマルトルか。ほかにアパルトマンは見つからないのか？

彼女の祖父は何度も繰り返し、彼の自宅から大学に通うようにと勧めた。彼の家はパリの郊外バティニョールにあって、一人ではもてあますほどの広さだった。モンマルトルと聞いて、祖父がピガール地区のような猥雑な街並みを連想して心配したこともよくわかっていたが、彼女はその申し出を丁重に断り、あえてモンマルトルの安普請《やすぶしん》での一人暮らしを始めた。

何より、「最終的には自分の頭で考えること」という家訓を作ったのは、他ならぬ彼女の祖父なのだ。

モンマルトルはパリのなかでも安めのアパルトマンが多く、芸術家たちの町として知られている。地区によっては移民が多く居住していてエキゾチックな雰囲気がある。

彼女はいま、アパルトマンを自転車で飛び出して、道路左側に見えるカフェを目指してひた走っていた。マチルドの御用達の店だ。歩いて行ける距離だったが、今日は特別な用事のために急いでいた。

白のカットソーにショッキングピンクのミニスカートが風を受けてふわりと花びらのように浮き上がる。急ブレーキ。ストップ。

水色の壁に赤い落書きのある洒落《しゃれ》たカフェ。

自転車を外灯に立てかける。

ここで、ある日本人の教授に渡さなければならないものがあるのだ。まだ若い、若すぎる教授。

――そうか、彼が来て、そろそろ半年が経つのか。

「お待たせしました!」

店内に入ってすぐ、彼女は入口から最も近い窓際のテーブルに陣取った黒いスーツ姿の日本人に向かって大きな声で言った。

だが、作業の途中らしく彼は顔を上げず、軽く頷いただけだった。インターネットで航空券の予約をしている最中のようだ。マチルドは脇に抱えてきた書類を手渡した。

「これ、おじいちゃん《モン・ペペ》からです!」

「ん……ありがとう」彼はノートパソコンから顔を上げ、目にかかった黒髪をかき分ける。

「あのさ、こういうことをあまり面識のない僕が言うのも何なんだけど」

「何でしょうか?」

密かに憧れを抱いていた美学科の若き天才教授が自分に話しかけているというだけで、マチルドの胸は高鳴った。彼が口を開く。

「お孫さんとはいえ、君も第三課程の学生なんだろ?」

「はい、よくご存知で。あの私はマチルドと言いまして……」

「知ってるよ、マチルド」

名前を知られているとは思わなかった。マチルドは歓喜のあまり、このまま自分は気絶するのではないかと心配になった。

が、その手前で彼が言う。

「大学関係者の前ではちゃんとラテスト教授と呼んだほうがいい。おじいちゃんはまずいだろう」

「え……だ、だっておじいちゃんだから……」

睨まれているのか、呆れられているのか、恐らく両方なのだろう。

「ダメ、ですか？」

「学生たちがそのうちみんなラテスト教授をおじいちゃん呼ばわりしなければいいけどね」

マチルドはみんなが学内で祖父に「おじいちゃん」と語りかけるところを想像して笑ってしまった。

「気をつけます」

「それより、ありがとう、これ」

祖父のジャン・フィリップ・ラテストから黒猫に渡すように頼まれたのだ。

黒猫。彼女の祖父は彼のことをそう呼ぶ。ゆえに、彼女はまだ彼の本名を知らない。

「ここのパフェは最高だな。パリでも五本の指に入る。君はいつもこんな美味しいパフェを食べてるのか？」

彼の目の前に置かれたパルフェは、珈琲クリームと生チョコレート、タピオカが幾層にも重ねられ、上部にはこれまた濃厚な生チョコレートがソフトクリームと並んでレイアウトされている。シックな雰囲気のなかに苺がひとつかわいらしくのっているのもご愛嬌。

「私はいつもワインとチーズですね」

「昼間から？」

「ええ」

「人生の楽しみの半分を失っているね。このパフェを食べていないとは」

朝からワインを飲むのはフランスでは珍しいことではない。じつを言えば、いま家を飛び出す前にも一杯飲んできた。

「あ、もういいよ、帰って」

そうは言われてもせっかくのチャンス。こんな好機を逃したくはなかった。

「あの、私、以前から黒猫先生の大ファンなんです。それで、ちょっとお聞きしたいことがあるのですが……」

「何？」

「あの、リディア・ウシェールって、ご存知ですか？」

「知ってるよ。音楽家だろ？　最近の彼女の実験音楽は聞いていて飽きない」

リディア・ウシェールはいくつか世界的な賞をとり、映画音楽も手がけている。だが、マチルドが驚いたのは、黒猫が最近の彼女の音楽を評価する発言をしたことだった。

「そのリディア・ウシェールがどうした？」

「最近、ウシェール邸が変なんです」

「変というのは、状態が変化したという意味かな？」

マチルドは静かに頷き、それから黒猫に言った。

「ウシェール邸の庭園が、逆さになってしまったんです」

ボールを見つけた猫のように、黒猫の目に好奇が宿った。

「大した変化じゃないか」

「そうなんです」

ウシェール邸は、ラマルク・コランクール駅を出た先にある高級住宅街の一区画に存在する。

リディアが嫁いだのは今から三年ほど前のこと。貴族の流れを汲《く》むウシェール家の当主、オランジェが演奏会に現れて彼女を見初めたのだ。

だが、二人は子宝に恵まれず、そのうちにオランジェとその両親が交通事故で一緒に亡くなって、彼女が当主となった。

と、ここまでが、謎の渦巻くウシェール邸の言ってみればプロローグである。

「昨年末から、リディアが庭師たちに命じて大規模な造園作業を行なっていました。それが、天井庭園なんですよ」

サネカズラの蔓で編まれた天井の隙間から草木が地へ向かってのびる庭園。サネカズラの裏に細かいメッシュカバーを敷き、土を押さえているのだろう。

土の裏に配置されたスプリンクラーから水分が毎日少量ずつ植物の根に届くほか、庭園の天井近くに造られた明かりとりの窓から陽光もきちんと取り込める仕組みになっている。

「ずいぶん凝ったことをしたものだな。でも、植物のためにはそのほうがいいのかもしれない」

「なぜですか？」

「重力のおかげでまっすぐ生えるし、頭の重さに負けて茎《くき》が折れるなんてこともない。水の吸い上げを考えても合理的だろう」

考えもしなかったが、たしかに下から上へと水を吸い上げるよりよほど理にかなっているのかもしれない。

「植栽はどんな感じなの？」

「世界各国の植物が雑然と配置されています。景観美を極めるために整然と作庭しようという意識が欠落していて、どちらかと言うと園に近いんです」

「園？」

「庭は構成するものですが、園は解き放つものかな、と思うんですよ」

「言葉足らずではあるが、本質的には君の理解でいいとは思う」

「よかったです」マチルドは頬を赤らめ、咳払いを一つしてから話を戻す。

ウシェール邸の天井庭園は明らかに構成されたものであるにもかかわらず、無造作に配置されたように見える不思議なレイアウトだった。

「もう一つ変わった点があるんですよ！」

現在の空の状態が、液晶画面をはめ込んだ地面に映し出されているのだ。天地逆転。価値の逆転がテーマなのかもしれない。アフリカの植物の隣にロシアの植物を置いたり、その横にオーストラリアの草花を置いたりといったところは、世界から意味を取り除いた深遠な構図も垣間見える。

「彼女なら、庭造りに凝っても不思議はなさそうだね」

「それが――」

天井庭園ができる前は、ごく普通のローズガーデンだったのである。なのに突如、前衛的な庭に変わったのだ。

「それだけじゃないんです」

マチルドは先週、大学の講義の合間を縫って実際にウシェール邸を訪れてみたときのことを黒猫に話した。

マチルドがウシェール邸の庭園の覗き窓の前を通ると、その庭の中央に見知らぬ男が立っていたのだ。男は虚ろな眼をして、両手を広げて緩慢《かんまん》な速度で歩いていた。

翌日も、その翌日もウシェール邸に足を運んだが、同じだった。時間はきまって昼の二時。

「気味の悪い話じゃないですか？」

「人様の庭を覗く女学生が？」

「いや、そうじゃなくてですね……」

「庭の男のことなら、太極拳をやっていたのかもしれないじゃないか」

黒猫は言いながらパルフェを慈しむように食べた。まるで、それが午前中の最重要課題だとでも言いたげに。

「……ただ両手を広げるだけですよ？　太極拳には見えないんじゃないですか？」

「だろうね。言ってみただけだよ」

黒猫はニッと笑う。からかわれたようだ。

「私、あの庭の雑然とした植栽配置をどこかで見たことがある気がして……」

「どこで？」

「小さい頃、植物学者に憧れていた時期があって、世界の植物園が載った図鑑をよく見ていました。その本に載っていた日本にあるゲニウス植物園が、これとよく似ていたような気がするんです。もちろん、その植物園は天井庭園ではないんですが」

「あれはたしか植物学者の――」

「そうです、ミズト・クニヅキの作品です」

かの植物学者は、植物学の領域で目覚ましい成果を残すにとどまらず、造園にも卓越した独特のセンスを発揮した。だが、それ以上にクニヅキを有名にしたのは、三十年前、恋人と自家用機で駆け落ちして行方を絶ったという伝説である。

「理由はわかりませんが、とにかくあの庭園にはミズト・クニヅキからの影響の跡があるんです。問題は、天井庭園の出現とほぼ時期を同じくして、彼女の音楽が実験音楽に変化したということです。こう聞くと、まるで天井庭園がリディアの音楽を変えてしまったみたいに思えませんか？」

「まあ人間はつねに外的な影響を受ける生き物だからね。だけど、よく聴けばわかるはずだよ。創造の主体は変わっていない」

黒猫はそう言いながら、親指を下唇に当ててとんとんと叩いた。

「ある事象が奇妙に見えるのは、その背後にある図式が見えていないからなんだ。図式が見えれば、そこから美的推理を導き出せばいい。もっとも、そこから引き出されるのは、美的真相に限るけれどね。そうでない場合、僕の興味は途中で途切れるだろう」

「い、一緒に天井庭園の謎を考えてもらえるってことですよね？」

「一緒に？　考えるのは君一人に決まってるじゃないか。僕は君に命題を示すだけだ。ただ、その前に君がなぜこんなことに興味を抱いて調査を始めたのか、本当のところを教えてもらおうか」

無愛想なまま黒猫はそう言った。

「私が興味をもった理由――ですか……」

黒猫に隠し事はできないようだ。観念して、彼女はことの発端を打ち明けた。

2

「私の家に、リディア・ウシェールのレコードが一枚あります。もう五年前ほど前になりますが、父が病床に伏す少し前によく聴いていたものです」

マチルドの父は仕事を終えると、居間のオーディオの前に置いたソファに腰かけ、珈琲を飲みながら目を閉じて祈りを捧げるようにしてそのレコードに耳を傾けていた。

「その頃だと、ちょうど彼女のデビューアルバムだね」

「ええ。『サイダー・サウンド』。とてもメロディアスで切なくなるような音楽です」

父の死後、マチルドは、繰り返しそのアルバムを聴いた。リディアの音楽を聴いている間は、父を身近に感じることができたからだ。

物心のつく前に母を亡くしたマチルドを、父は男手ひとつで育ててくれた。理科の教師だった彼は、娘を豊かな自然のなかで育てるために、彼自身が生まれ育ったパリへ戻ることを諦めた。何より妻との思い出が詰まった家を離れられなかったのだろう。休みの日にはマチルドを連れてタヒチの島を歩き回り、さまざまな植物の話をした。

父のおかげでマチルドは、母親のいない寂しさを感じることもなかった。世に言う反抗期のようなものはなく、二人でよく旅行にも出かけたものだ。

だから、父が死んだとき、自分の身体の一部がもがれたような痛みを感じた。両親を失った彼女はすぐ近くに住んでいた叔母の家に引き取られたものの、なかなかその生活に適応できなかった。

もともと暮らしていた家と近すぎたせいかもしれない。少し歩けば、どこにでも父と歩いた風景がある。マチルドは、ついには家から出ることさえ苦痛になり、部屋に籠って一日中リディア・ウシェールのレコードを流していた。

だが、そうして思い出に浸っているあいだは、どこにも進めなかった。彼女は叔母の家から出ることを思い立った。まず父との記憶が染みついたタヒチから出よう、と。

そうしてポイエーシス大学に入り、がむしゃらに勉強に明け暮れた。その間はまったく音楽を聴こうとは思わなかった。

「でも、不思議ですね。記憶って戻ってくるんですよ」

大学の第三課程になり、それなりに自分を振り返る余裕が出てくると、再び心の隙間に父との日々が入り込んできた。こうなると、もう何もかも手につかなくなる。気がつけば、再びしまいこんだレコードを出して聴くようになっていた。

「五年ぶりに聴いてみると、シンプルな構成が光る曲作りをしていることに改めて驚かされたんです」

「そうだね。とくにアルバムタイトルにもなっている『サイダー・サウンド』は、ボトルからグラスに注いだサイダーの泡が弾けながら、徐々に気が抜けていって泡の立たない状態に至るプロセスを描写するようなゆらめきが感じられる」

マチルドは大きく頷く。まさに黒猫の表現したとおりの曲だった。彼女はその曲のなかに父の生きた時間と死んでからの時間の両方を感じ取ることができた。

学校に行く前には髪をきれいに編んでくれ、忘れ物はないかと必ず三回尋ねた。そして、帰ってくると一緒に晩御飯の買い物に出かける。一日の終わりにはいつもマチルドの話を聞く時間をもってくれた父。

入院中は、痩せ衰えていく身体をベッドに横たえながら、それでも最後までマチルドの一日の報告を楽しみにしてくれた。

父に忍び寄る死の気配をマチルドは憎み、恐れた。時間よ止まれ。何度そう願ったか知れない。それでも時計の針は残酷にも一定の速度で時を刻み続けた。

そして、父のいない日々がやってきた。そのときまで、マチルドは思いもしなかった。父との日々が、彼のいない世界でこんなにも鮮やかに色濃く輝き始めるなんて。

「五年前に聴いていたときは、後半になるほど美しい旋律がどんどん盛り上がる曲だと思っていたんですけど、いま聴いてみると、これが同じメロディの繰り返しなんですよ。しかも音の数はむしろ終わりに近づくほど少なくなってるんです」

そう、父がいなくなってからのほうが、より父の声が心に聞こえるようになったのと同じだ。

「後半にいくほど聴き手の感情が高ぶってくるから音数は少なくても盛り上がるんだ。天才にしかできない思い切った技だよ」

黒猫の『サイダー・サウンド』への評価が高いことにマチルドは満足した。自分の父親まで褒められたような気になった。

「それで、私は遅まきながらリディア・ウシェールの音楽を深く学んでみようと思ったんです。音楽理論のレポートを出すことになったので、いっそリディア・ウシェールを題材にしようって。それで調べはじめたら――」

「音楽ががらりと変わっていた?」

「ええ」

　彼女に何かたいへんなことが起こっている。

「去年久しぶりに彼女が出した3rdアルバム『フライト・ナイト』は、音楽というより、ばらばらの音を聴かされているみたいでした」

『フライト・ナイト』は音楽界に衝撃をもたらした。それまでの彼女のクラシカルな音楽傾向を真っ向から否定するような、挑発的で実験性に満ちたアルバム作りが評価され、アメリカの音楽賞も与えられた。

「マチルド、君は現在の彼女の音楽にいい印象を持っていないようだね」

「……少なくとも音楽としては聴けていません。私の感性の問題かもしれませんけど。だから、どうしてリディア・ウシェールは父が愛したような美しい音楽を捨ててしまったのか、個人的に気になるんです。なんだか父のことまで否定されたみたいで悲しくって」

「ふうん。それでリディア・ウシェールの天井庭園の謎を解きたいと思ったわけだ」

　マチルドは頷いた。洗いざらいしゃべってしまったせいで、気持ちはだいぶ楽になった。対する黒衣の東洋人は、そんな彼女を冷静な表情で見つめている。

「音楽性の転向は仕方ないんじゃないの? 芸術家は自分の思想を進化させていくんだから」

　マチルドは強く首を振った。

「転向というレベルではない気がするんです。今の彼女の音楽はノイズにしか聴こえません」

　黒猫は肩をすくめてみせる。

「音を構成するだけが音楽ではない、ということさ」

「そういうジャンルがあるのはわかります」

「そうじゃないよ」と彼は強く言う。「耳の慣れの問題だ。生まれながらに人間は音楽とそれ以外とを明確に分けているわけじゃない。それらがはっきり区別できるようになるのは、文化を習得する過程での意識のすり込みに過ぎないんだ」

「でも、赤ちゃんは歌うと泣きやみますし、潜在的に音楽とそれ以外を聴き分けているんじゃないでしょうか？」

「赤ん坊はちょっとしたノイズでも泣きやむことはよくあるよ」

「そうですけど……」

「人間が原初的に判断できるのは音の快、不快だけだ。たとえば、君は小鳥のさえずりや波の音を聴いて音楽だとは思わないだろう。だが、鑑賞の契機から考えれば、根源的な快感情に訴えかける点ではあれもひとつの音楽的体験なんだ。偶然の音楽」

「偶然の……音楽？」

「わかりやすく言えば、人間の意思によって構成されたわけではない音楽だ。ときに構成された音、和音というものは、聞き手にある種の強制力をもって迫り、激しいストレスを与えかねない。

絶望の淵にある者の耳には、モーツァルトのピアノソナタもわずらわしいノイズにしか聞こえないかもしれないよ。そういうとき、人間の意思から離れてみえるように構成された音楽のほうが、より音楽的に響く場合もある。つまりね、実験音楽というのは、鑑賞者の純粋な音楽体験のために注意深く積み上げられた音楽だって言えるんじゃないかな」

マチルドにはうまく理解できない。

彼女はラヴェルやラフマニノフのようなきれいな音楽を好んでいて、いわゆる〈実験音楽〉といわれるものがどうも耳に馴染まない。

「君が実験音楽を音楽として認識できないのは、単純に言って、音楽とは何かを君が勝手に規定してしまっているためだよ。それじゃあメモの用意」

黒猫は目を閉じたまま乱暴にそう宣言した。質問を差し挟める雰囲気でもない。マチルドは慌てて鞄からノートを取り出し、言われたとおりに謎を書き込んだ。

●男はどこの何者なのか。
●なぜ昼の二時にウシェール邸の庭にいるのか。
●なぜ男は両手を広げ、庭をゆっくり歩いているのか。

●なぜリディアの音楽は実験音楽に変わってしまったのか。

「ちょうど頭がパンク寸前だったからいい気晴らしになりそうだ。一日のうちに十五分くらいはこういう気晴らしの時間があってもいい」

「じゅ、十五分……それ以外は？」

「あとは研究」

「……無理です」

自分には教授はつとまらないな、とマチルドは改めて思う。それは祖父を見ていてもいつも感じることだ。自分には勤勉さがない。いまはまだ将来の道が決まらず大学に居続けているけれど、このまま大学に残ることはないのではないか。

でも――。

「ムッシュ黒猫、あなたはいつまでパリに？」

「わからないな。ラテスト教授の決めることだから。でも、当面はいるつもりだ。いまは学内で緊迫した状態が続いているからね」

その話は知っていた。

大学はいま二つの勢力に分かれている。現学長である彼女の祖父を慕う通称ラテスト派閥と、次期学長を狙うモーリス・フィッシャー率いる反ラテスト派閥。両者の争いに、じつは彼女の祖父自身は一切関与していない。

彼は引退を目前に控え、自分の意見を口にすることはほとんどないのだ。問題はフィッシャーだ。彼は新体制を樹立しようとして、自然美を美学のイデオロギーから完全撤廃するというエキセントリックな見地からラテスト派に牙をむいた。

フィッシャーの論旨に学内の多くの美学教授が批判的である一方で、若手の研究者たちがフィッシャー派に寝返りつつあるのも確かだ。

彼女の祖父はこうした派閥抗争に辟易していた。黒猫の起用も、大学全体を学者の本分に立ち返らせるためだったのかもしれない。

明後日、黒猫の客員教授就任半年を記念して、初めての講演会が行なわれる。そこでどれだけの存在感を放つことができるのかが、今後のポイエーシス大学での黒猫の立場を決めることになるだろう。

彼がいるなら、自分ももう少し研究を続けたい、マチルドはそう思った。

「それじゃあ、その謎は宿題ということで」

「え！　一緒に考えてくれるんじゃなかったんですか？」

「もう十五分は過ぎた。あとは勝手に課題を自分の手で掘り下げてくれ」

黒猫はそう言って立ち上がると、会計を済ませた。そして出口へ向かいながら振り返らずに言った。

「そうだ、リディアの音楽で論文を書く気なら、二十世紀に活躍したジョン・ケージという実験音楽家のアルバムを聞いてみるといい。たしかリディア・ウシャールも影響を受けていたはずだから」

その細く伸びた脚が間隔の狭いテーブルの隙間をするりと抜け、外へ出て行く。

カフェの外では、銀杏《いちょう》並木から黄色い木の葉が舞い、灰色の空に消えていった。

3

「お前、黒猫を困らせてはいないだろうね」

「とんでもないわ。私、ただあの方の意見が聞いてみたいだけよ」

祖父のジャン・フィリップ・ラテストは老体を微かに動かしては咳き込み、億劫な様子で大広間を抜け、キッチンへ向かっていった。

お昼前に祖父の家を訪ねるのは、この二週間の日課になっていた。ここ最近、彼は体調を崩しがちで大学の講義を休む回数も増えてきている。やはりそろそろ一緒に住んだほうがいいのかもしれない。

キッチンで作業をする祖父に、黒猫への届け物を渡したことを伝えると、祖父は大いに喜んでいた。

ふと寝室の前を通りかかると、ドアが開いていて、ベッドの脇に置かれたパソコンが作動しているのに目がとまった。

「うそ……おじいちゃんがパソコン？　何してるの？」

手書き派だった祖父がパソコンとは。世の中変わるものだ。仕事でもしていたのだろうか。

キッチンから祖父が答える。

「来年に刊行予定の訳詩集に手こずっておってな。少しばかり黒猫にも手伝ってもらっているのだ。さっき渡してもらった封筒も訳のチェックをしてもらうためでね」

「ふうん」

マチルドは寝室に入り、祖父のベッドに座って画面を見た。そこには『マニョシュ』とタイトルらしきものがあった。語感のかわいい題字の下にはいくつかの一行詩が打ち込まれている。

「まだこれしか打ってないの？」

「パソコンはどうも好かんな、やはり。データのやりとりが便利だからと黒猫に勧められて、この間からいやいや画面を開いてみてはいるんだが」

祖父は珈琲の入ったカップを二つ持って寝室にやってくると、老眼鏡をかけながら激しく咳き込んだ。

「もう、身体がよくなるまでは寝てないと駄目よ」

マチルドはそう言って、ベッドを祖父に譲って立ち上がった。もちろん、学問一途の祖父にこんな助言が無用なことはわかっている。

「それで、行ってみたのかね？　ウシェール邸には」

祖父の家に着いてから、黒猫と話した内容を中心にマシンガンのようにしゃべり続けたのだ。祖父相手だとついしゃべりすぎてしまう自分を、マチルドはいつもあとになってから反省することになる。

「ええ、何回か。でもそこから気づけたことは、さっき話したようなことよ」

「では、また行ってみるんだな。何度でも同じテクストに当たる。これが研究ではいちばん大切だ」

「同じテクストに？」

「そう。若い学生は勘違いして、博覧強記であることが素晴らしいと思っている者が多い。もちろん、博覧強記を取り柄とするのも一つの策略ではある。だが、若い者の知識の量にはしょせん限度があるよ。それよりも、一つのものを深く掘り下げること。それが大事だ」

それって自分がいちばん苦手なことではないか、とマチルドは思った。

「ところでマチルド、最近はそんなに短いスカートが流行っているのかね？」

「流行は知らないけど私が好きなの。似合うでしょ？　おじいちゃん」

そう言ってくるりと回った。スカートがその動きでふわりと舞い上がると、ラテストは大きな咳払いを一つ、わざとらしくした。

「ともかく、まずは現段階で立てられる仮説を立て、それが有用性のある仮説かどうかを考えてみることだ。足を使うのは悪いことではない。どんなに無駄に見えてもお前の血となり肉となる。そういう意味で、その謎に取り組むことは意義があるだろう」

「そうね、ひとつ、足を使ってみるわ」

マチルドは椅子に腰掛けながら脚を組んでみせる。祖父は再び咳き込んだ。

それからマチルドは祖父の家を出た。向かう先は決まっている。こんな話をした後なのだから、午後の講義に身が入るはずもない。

自転車にまたがると、彼女は坂を下った。耳に携帯型デジタル音楽プレイヤーのイヤホンを差し込み『サイダー・サウンド』をかける。ノスタルジックなピアノのメロディ。夜明け前の静寂と荷馬車のなかの干し草に包まれた眠りのような温かみ。

この音楽を聴くと、マチルドは今でも父親を近くに感じることができた。五歳のときに亡くなった母の葬儀で、父親がぎゅっと握り続けてくれた手の感覚。そして十七歳のとき、今度は病院のベッドから落ちかけた力のない彼の手をマチルドが握り締めた。

——いい音楽だよ。聴いてごらん。

病院のベッドからかすれた声でそう言って、父はイヤホンの片方をマチルドに寄越した。気がつくと、五年前の感傷がまた戻ってきている。マチルドは感傷を断ち切るように目を見開く。

秋風が心地よく顔を撫でた。

目指すはウシェール邸。

今回は黒猫の助言も聞いたあとだし、少しは冷静に観察することができるかもしれない。ウシェール家には一年半ほど前に不幸があった。リディアの夫、オランジェが転勤のため両親を伴って新天地へ向かっている途中に交通事故で亡くなったのだ。リディアは当時、パリの三つのオーケストラの依頼を受け、楽曲を制作していて夫たちに同行しなかったが、結果的にそのおかげで彼女だけが生き残った。

しかし、モデルのような容姿が災いしたのか、その後もリディアにはよからぬ噂がついて回った。葬式が済むと旅行に出かけて男を連れ帰ったなどと、マスコミはあることないこと面白おかしく書きたてていた。もっとも、噂はすぐに沈静したけれど。

ただ庭に男がいるのを見たのだったら、きっとマチルドもリディアの恋人か何かだと考えていたかもしれない。だが、男の奇妙すぎる行動から推察すれば、リディアが家族の死のショックから実験的な庭園を造り、そのオブジェとして男を雇ったと考えたほうが妥当だ。

昼の二時、という時刻にも何か意味があって、両手を広げてゆっくりと歩くのも、オブジェに与えられた何らかの芸術的使命ではないかと思えてくる。

考えているうちに、ジュノ通りが見えてきた。

パリは迷路のように見えるが、一度頭に地図が入ってしまえばすべてが自分の家のようになるし、あらゆる風景が愛しくもなる街だ。

ジュノ通りの銀杏並木を走りぬけ、高級住宅街を直進する。シモン・ドゥルール通りにさしかかる手前に、閉鎖的な雰囲気を醸《かも》す高い壁が現れた。特徴的な威圧感のある古い建物。

ウシェール邸だ。

ジュノ通り側は建物の裏手に当たる。その塀の低いところに、小さな円形の覗き窓がある。そこから中を覗くと、庭園に実際以上の奥行きが感じられる。しかもウシェール邸の場合、そこに見えるのは上下が反対になった異世界なのだ。

できれば、許可をもらって中に入りたかった。相手は何と言っても有名な芸術家。おいそれとは入っていきづらい。

そうこうしていると、時刻は問題の二時にさしかかった。

薄桃色の煉瓦塀の覗き窓の前で自転車を降り、微かな後ろめたさを抱きながら窓にさらに顔を寄せる。

九月になって黄色くなった樹もあるが、サボテンやバナナは元気そのものだ。マロニエがこんもりと房をつけ、豊かに生っている。シクラメン・プルプラセンス、ベゴニア・ルクスリアンス、沖天閣《ちゅうてんかく》、アロエ、シンニンギア……。

それらはすべて逆さまである。

天と地の逆転した世界。

青い空の大地、色とりどりの植物群に覆われた天。

地球の法則に抗うかのような構図。植物のひとつひとつが重力のおかげでまっすぐに生え、自然の温かみのある外観を保ちながらも、直線を描いていてどこか人工的な美しさが感じられる。自然美と人工美が共存しているのだ。

この庭の作り手は、どんなメッセージをこめたのだろうか？

マチルドは食い入るようにその庭園の細部に目を走らせる。彼女は幼い頃から写真記憶に優れている。一度見たものは忘れないし、見た風景についてならどこまでも詳細に人に語って聞かせることができた。

彼女は今こそとばかりにその写真記憶を用いる。念には念を入れて広大な庭を八等分し、その八区画それぞれに視点をずらしながらひとつずつ丁寧に記憶に収めていく。

植栽計画はザクロ、マルバハギなどの東洋系植物に至るまで多彩だ。まさに東西南北の木々が入り乱れている。これはただ単純に不規則に配されたものなのか、規則性のあるものなのか。

中央付近には名前も知らない白い八重の花や黄色いランの花が、奇妙なサボテンやモルモンティー、ストレリチア、カンガルーポーに囲まれるようにして咲いている。通常出会うことのない植物群の邂逅だ。

前回は天井庭園という斬新な構図に目を奪われていたが、個々の植物への興味がわいてきた。

と、そこへ——屋敷の一階のバルコニーから例の男が現れた。

年齢は二十代後半から三十代前半といったところか。

はじめのうち、彼は杖をついて歩いていた。腰を悪くしているのか、ひどくぎこちなく、足もほとんど上げない歩き方だ。毎度ゆったりとしたサイズの服を纏っているため、体形はわからないものの、頬のこけ方から言ってかなりの細身であるのは間違いない。

やがて庭に降り立つと、男は杖を捨て、両手を広げた。

そのまま、再びゆらゆらと歩き、中央で止まる。

止まっている。

その表情は、虚ろだ。

マチルドは何度も目撃してきた光景を再び目に焼きつけた。

目的は何？

行動から言えば不審人物そのものだ。

彼はバルコニーから出てくる。それも、毎日決まって午後の二時に。なぜ？　何者なの？

男がリディアの恋人か友人だとしても、その行動が奇怪なことに違いはない。

この男の出現と天井庭園には何らかの関係があるのだろうか。

不意に、マチルドは自分の隣に人の気配を感じて左側を見た。

そこに一人の女性が立っていた。

「あなた、先週もいたわね。人の庭の前で何をしているの？」

解剖台のカエルでも眺めるような冷徹な眼差しで、女はそう言った。

リディア・ウシェール。

雑誌やテレビで幾度となく見てきた、きりりとした顔立ちの美女が、マチルドを見下ろしていた。

4

「なるほど、好奇心旺盛な学生さんだったわけね」

「お庭を勝手に覗き見たりしてすみませんでした」

リディアはどうでもよさそうにすっとマチルドの前に珈琲を押した。出してやったものは飲んで帰れということだろう。

ウシェール邸の居間。屋敷はコの字型の配置になっていて、すべての部屋が庭園に面する構造になっている。

マチルドは勢いに圧《お》されるようにして珈琲を口に運んだ。

リディアが席を離れた隙に、それとなく室内に視線を彷徨わせる。

室内の調度品は恐ろしく質素だ。これが本当に名のある音楽家の屋敷だろうか？

壁の一部に、白い布がかけてある。

あの下には何があるのだろう？

マチルドを屋敷に通す際にわざわざ布をかけたわけではないだろう。そんな時間はどこにもなかった。

がらんとした空間のなかで目立っているのは、一台のグランドピアノ。

「あまりじろじろ見ないで。片付いてないんだから」

室内に戻ってきたリディアが、うんざりした調子をにじませながら言った。

「あの庭を造ったのは――リディアさんなんですか？」

「植物の手配をしたのは私。造園はプロに頼んだわ。でも植栽計画を立てた人物はべつに

「その方が——天井庭園を思いつかれたんですね。それは、あの庭で両手を広げていらっしゃった方なのでしょうか？」

「聞きたがり屋ね。あなたの質問に答えていたら身ぐるみ剝がされてしまいそうだわ」

「いや……そんなつもりは……」

またやってしまった、とマチルドは思った。いつも、つい勢いがつきすぎてしまうのだ。

「答えはウイでありノンよ」

「どういう意味ですか？」

「何でもすぐ聞いて済まそうとするのってアホ学生のすることとよ。むかし講師をしていた音楽学校にもそういう子がいたわ。先生、なぜモーツァルトはここで半音階を用いたんですか？　なぜですか？　聞くたびにその子の愚かしさばかりが露呈されて、聞かれた教授は哀れむような顔をしていたわね。

あなたの次の質問は予想できるわ。その男の人はどこの誰ですか？　リディアさんとのご関係は？」

「す、すごい！　よくおわかりですね」

マチルドは心底驚いて目を丸くした。そんなに自分は単純でわかりやすいのだろうか。

「まるで三流雑誌の記者ね。私の答えはこうよ。べつに秘密にする気もないし、やましいところは何もない。知られても少しも困らないけれど、あなたにそれを言う必要はない」

それで話は終了だというようにリディアは立ち上がると、ピアノの前に向かい、椅子に腰を下ろした。

「仕上げなきゃいけない作品があるから、それを飲んだら出て行ってちょうだい。植栽計画図のコピーならあげるわ」

リディアは壁にかけられた状差しから植栽計画図のコピーを持ってきて、マチルドに手渡した。

紙の上半分にぎっしりと書き込まれた手書きの植栽計画図。下半分に描かれた立体図によってそれが天井庭園であることが示されている。

天井庭園の計画者はリディアではなかった。

ならば——彼女の音楽が変容したのと、天井庭園や謎の男は関係がないということなのだろうか？

合点がいかなかった。

マチルドは思い切って尋ねた。

「五年前に亡くなった父は、あなたのデビューアルバムをよく聴いていました。なぜあの頃のような演奏ではなくなってしまったんでしょうか？」

初めてリディアが感情のある目でマチルドを見た。その目には憂いと優しさが混在していた。

「あなたのお父さんはなぜ亡くなったの？」

「喉頭がんでした」

「そう」

リディアはピアノの蓋を開いた。

「あなたのお父様が五年前には生きていて、今はこの世にいないように、私もあの頃の音楽をやり続けるわけにはいかなかったのよ」

「それは庭が天井庭園になったのと、関係があるのでしょうか？」

彼女は表情を硬くしたままマチルドを見つめていた。どう答えるべきか考えあぐねているような沈黙があり、やがて目をつぶったまま言った。

「今から一曲だけ、あなたのお父様のために供物《オフランド》を捧げるわ。それを聴いたら、帰ってちょうだい」

「供物……」

「ことわっておくけれど、昔のような音楽は奏でられないわ。でも私は鍵盤の前では嘘をつかない。そのことは忘れないで。私は心から供物を捧げるの」

それから彼女はおもむろにピアノを弾き出した。

文字通り鍵盤を〈たたく〉弾き方だった。鍵盤楽器よりは打楽器としてピアノを扱っているような演奏。

不定形なリズムは、答えを見つけようとするほど深く森のなかに入り込み、闇に溶け崩れていく。

突然訪れる無音。二十秒、いや、もっと長かったかもしれない。

そこへ手を差し伸べるようにようやく主旋律と思われるメロディが現れる。踊り子の華麗なダンスのようなフレーズが、闇を取り払い、光の世界へと連れ出そうとする。

しかし――はじめは右手と左手が同じフレーズを繰り返していたはずが徐々にもつれ合い、ずれていく。最初は小さな不一致だったのが次第に大きくなり、深刻な断層を生んでゆく。

美しい旋律に聴こえていたものが、壊れ始める。それは単に壊れたオルゴールのようでもあり、互いの姿を見失った鳥のつがいのようでもある。

マチルドは子どもの頃のことを思い出していた。父親とタヒチの青い海で釣りを楽しんでいる。ところが日差しの強さに気をとられているうちに、父がどこかへ出かけたことに気づかない。

前後を見る。前方には青い海、後方には白い砂……。パパ。マチルドは叫ぶ。でもその声は砂の粒子の隙間に沈みこんで消えてしまう。

泣きながら砂浜を歩いていると、岩陰のところで、大きな手が彼女の小さな手を握る。

――ごめんよ、マチルド、飲み物を取りに行っていたんだ。

二人は並んでジュースを飲む。マチルドはオレンジジュース。パパは、シードルを。

右手と左手のフレーズの亀裂が徐々に小さくなり、同時に着地する。まるで、長い旅の終わりに、離れ離れの二人が出会うように。

演奏が終わる頃、マチルドは自分が涙しているのに気づいた。

――……どうして私、泣いているんだろう？

5

本のない図書館が存在するとしたら、それはこのポイエーシス大学図書館の地下一階の書庫に他ならない。ここには三十台のＰＣが置かれている以外には何もない。少なくとも、学生の目の届くところには何一つ置かれていない。

地上階の一般図書が開架式になっているのに対して、この地下書庫は閉架式なうえに入庫許可証が要る。さらに蔵書検索ＰＣの使用には指紋認証が必要とされる。面倒な時代になったものだ。

最近では学術書検索以外に、もうひとつべつの役割も果たしているようだ。「べつ」というのは、ポイエーシス大学の工学科の教授陣が運営する学術会議等を目的としたアバターサービスである。〈プルースト〉と名づけられたこのサービスが拡大すれば世界各国の学会をアバターで行なえるようになるだろう。

学者は〈プルースト〉内でディスカッションを済ませられるようになり、余った出張費を研究費に回すことができるようになる。

マチルドはデスクトップPCの前に腰かけ、キーボードの上に置いた植栽計画図のメモを睨みつけていた。いくら見つめていても、文字だらけの植栽計画図と写真記憶に基づく庭園とを脳内で照合するのは、さすがに至難の業だった。十分やってその作業を投げ出し、自身の手帳に新たに発覚した条件を並べてみた。

◆天井庭園はリディアのアイデアではない。
◆天井庭園はある人物のアイデアである。
◆ある人物＝庭に立つ男であり、ある人物＝庭に立つ男ではない。
◆男が立ち止まるのは庭園の中央付近。
◆彼は誰かに指示されているのではない。（憶測）
◆男とリディアの関係には後ろ暗いところはなく、穿鑿《せんさく》されても構わない＝恋人ではない？
◆植栽は東西南北の分布を意図的に無視した構図になっている。でたらめ、ともとれる。

　メモの手を止める。最後から二番目のことが気になった。

　こう解釈はできないだろうか。すなわち、ひとつ屋根の下にいることが知られても特に話題にはならない誰か。

　真っ先に浮かぶのは彼女の家族であるという可能性だった。

　蔵書検索画面に試しにリディア・ウシェールの名を入れてみる。が、該当するのはCDやLPばかりで、彼女は本を書いていないようだった。代わりに、彼女に関する研究書がいくつか出ている。

『リディア・ウシェール――ジョン・ケージの娘――』という書名が気になり概要に目を通す。が、これはどうやら、リディアが何も演奏しない無音の音楽『4分33秒』を生んだジョン・ケージの系譜にあることを説いた学術書であり、彼との血縁関係を示すものではなかった。

　インターネットで検索してみても、楽曲と受賞経歴以外めぼしいことは何も書かれていなかったが、彼女が十代の終わりにすでに名のある音楽賞を二つ受賞していることがわかった。そして昨年から始まった、華麗な音楽キャリアをなげうつような実験音楽への挑戦。

　マチルドは、実験音楽は難解なもの、と頭から思い込んでいた。それなのに――さっきマチルドはその実験音楽を聴きながら泣いてしまった。

「少しは進展したのかな?」

振り返ると後ろのデスクに黒猫がいた。

「わっ……い、いるならいるって言ってくださいよ!」

「いる」

「遅いです!」

「あとから入ってきたのは君だよ」

言いながら黒猫はPC画面に目を戻す。

「ムッシュ黒猫こそ何してるんですか?」

「キノコの研究」

黒猫は目をつぶったまま答えた。何かの冗談だろうか。

「それで、君のほうの調査は捗《はかど》ってるのか?」

「さっき行ってきました。リディア・ウシェールの家に。なかで珈琲もご馳走になりました」

「行動が早すぎるな……まあ、いいことだが」

「メルシー。それより、リディア・ウシェールの半生を調べたいんですけど、何かいい手はないですか?」

「だったら、足を使うしかない」

「う……また足ですか」

「たとえば、そうだな。彼女の略歴くらいはわかるだろう？」

「彼女は音楽教育はほとんど受けていないようです。十九歳のときに彗星のごとく作曲コンクールに現れて、賞を二つ攫《さら》っています」

「彼女の生まれは？」

マチルドはPCの検索画面に戻った。そこにはイギリスのサマセット生まれ、と書いてあった。

「イギリス、サマセット州みたいです」

「サマセットか……。するとと彼女は英国式庭園のなかでも、色彩の調和に配慮しながら植物の生態を活かしたヘスタークーム・ガーデンが身近にある環境で育ったわけだね」

マチルドは思わず声を出しそうになった。そうか、そんな見方があったのか。

「天井庭園の植栽計画図とかは手に入らないのかな？」

待ってましたとばかりに、マチルドはさっきもらったコピーを渡す。

「私、見てもちんぷんかんぷんで」

黒猫は植栽計画図をじっと見つめて言う。

「まあ、ぱっと見で言えるのは、ある固有の風土が色彩やレイアウトの下敷きになっている、ということだな」

「ある固有の風土？」

「風土は人を作る。現在では〈天才〉の意味ももつ〈ゲニウス〉だが、本来は土地の精霊を語源に持っている」

「もしかしてそれって、ゲニウス植物園の由来でもあるんじゃないでしょうか？」

「恐らくそうだろう。ゲニウスの語が現在の英語のジーニアスになったのは、古来の精霊の概念を個人の才能を表す語に転移させたという経緯がある。個人主義の時代では天才と風土とは切り離すことができないんだ。リディアの才能にイギリスの風土を嗅ぎとるのは当然さ。

フランス特有の精神的な叡知と王の特権性とが結びついた平面幾何学式庭園とは対照的に、英国式庭園は自然の景観美を追求したものだ。そうして造られた庭園の美を描く風景画がイギリスの近代絵画を発展させていく。当然ほかの芸術も同様に庭園の影響下にあったんだよ」

「西洋芸術の発展に庭園が関係していたんですね？」

「最近のリディア・ウシェールの音楽は実験的だとよく言われるが、むしろ自然との調和を目指している節がある。十九世紀以降の英国式庭園の流れを感じるね」

マチルドは先ほど聴いたピアノの音色を思い出していた。緊張と緩和。音の構築から解き放たれ、ひとつの音符となってゆく喜び。

「待てよ」と黒猫は言った。「彼女の旧姓は？」

再び検索画面を見る。十九歳の受賞時点での名前はリディア・ジャルダンとある。

「すると彼女はイギリスで育ったものの、フランス語は堪能だったのかもしれないな」

「どうしてですか」

「君のオツムは留守か？」

「いえ、そんなことはないと思います」

「じゃあたぶん寝てるんだな。リディアもジャルダンもフランス語圏の名前だろう？」

「……そうでした。すると……彼女は……」

「たぶん両親のどちらかがフランス人なんだ。そして、大人になってフランスに戻ってきた」

「家族はどうしているのでしょう？」

「わからない。一緒に暮らしていないなら、現在もイギリスにいるんじゃないかな」

そのとき、マチルドはひらめいた。

「……メルシー、ムッシュ……」

「いちいち渾名にムッシュをつけなくていい」

振り返ろうとしたとき、すでに黒猫は席を立って出口に向かって歩きだしていた。

次に向かうべき道筋が見えたのは有り難かった。

ゲニウスの概念から黒猫が遠まわしに伝えようとしていたこと。それは、庭園の計画者もまたリディアと同じ土地の出身であるかもしれないということだ。

マチルドは時計を見る。時刻は間もなく夕方の四時半。これからユーロスターに揺られてイギリスまでだとだいたい二時間程度。イギリス内での移動に相当な時間をとられることを考えても、今日動くのは不可能に近い。

明日午前の講義が終わったらすぐに出発しよう。一度考え出すと体が勝手に動いてしまうのがマチルドの性分なので、これぱっかりは仕方なかった。

翌日の正午過ぎ、彼女は駅のホームにいた。

そこで彼女を待っていたのは――壁に寄りかかって群集の流れを見つめる異邦の遊歩者、黒猫だった。

6

「どうして来てくれたんですか？」

「僕もサマセットにはちょっとした用があって行ってみたかったんだ。ちょうどいい機会さ」

二人はユーロスターの車内に並んで座っていた。窓側が黒猫、通路側がマチルドだ。

「じゃあ黒猫は私のボディガードですね？」

「何でもプラスに考えられて幸せだな」

馬鹿だと言いたいのだろうか。

黒猫はノートパソコンを開き、論文の続きを流れるようにタイピングする。マチルドは感心しながら、タイプ音をバックミュージックにして窓の外を眺めた。パリの景色が遠ざかっていく。

緑豊かな森を抜け、心癒されるのどかな田園風景を過ぎる。

少し目をずらすと、隣の黒猫が視界に入る。改めてその顔をまじまじと見つめると、構成要素のひとつひとつの美しさに息を呑んでしまう。

「じろじろ見るな」

「い、いいじゃないですか、見たって」

「それより、現状で君のつかんでいる情報とそこから導き出せる推論を聞かせてくれないか」

マチルドは言われるままに、昨日新たに手に入れた情報を整理して黒猫に開示し、さらにそれに関しての現段階での推論を披露した。

聞いているあいだ、黒猫はピアノの速弾きもかくやというほど高速でタイピングを進めていたが、話が終わると一瞬窓の外を眺めるために手を休めた。そして再び作業を開始しながら、口を開いた。

「さっき僕は君に天才に関する話をしたね」

よくもまあ論文をタイプする手を休めずにしゃべることができるものだわと思いながら、

「ええ、覚えています」とマチルド。

「十八世紀の評論家デュボスは天才を一本の植物だと言った」

「——植物？」

「何もしなくても生えてくるが、育つかどうかは後天的なものってこと」

「ああ、なるほど」

「こう言ってしまうと天分と研鑽《けんさん》の二元論なんか珍しくないって話にもなるんだが、デュボスの理論が新しかったのは後天的要素として風俗因と自然因を挙げていることなんだ」

「風俗因と自然因？」

「風俗因とは、天才を育てようとする社会的制度や人々の態度のことだけど、デュボスはそれを自然因が動かしているのではないか、と言っている」

「自然因が——動かしている？　人をですか？」

「そう。自然が国の空気を作り、その空気が土地の風俗を決定し、天才を育てる。天才は、まさに一本の〝Plante〟なんだ」

　マチルドは話に感心する一方で、さてこの話はどこにつながっていくのだろう、と訝《いぶか》りながら聞いていた。

「その伝でいけば、ひとつの家から複数の天才が誕生することは不思議じゃないんだ」

「そうでしょうか？　確率的にはかなり低いような……」

「低いよ。でも、起こるときは起こる。アイラ・ガーシュインとジョージ・ガーシュインという兄弟は兄は作詞家として、弟は作曲家として、それぞれ別々に活躍していたが、やがて互いの才能が相性のいいことを知って共にポピュラーソングを作るようになった。これは自然が二人の天才を生み、その天才が同じ背景にあるがゆえに一つのまとまった味わいを作り出せたことを示している」

「兄弟で共作する芸術家って案外いるものですね、コーエン兄弟とかブルース・ブラザーズとか」

「ブルース・ブラザーズは違うだろう」

　ぴしゃりと言って、黒猫はノートパソコンをシャットダウンした。

「要するに、僕が言いたかったのは」

「同じ環境で育った天才がもう一人くらいいるんじゃないかってことですよね？」

「違う。同じ環境から二人の天才が現れたら、ベクトルは違ってもそこには共通の自然がた。

マチルドは目を閉じ、リディアの音楽を思い起こし、それから庭園の雰囲気を思い返した。

黒猫は続ける。

「今でこそそれほど重要視されていないようだが、かつてはサマセットといえばリンゴの産地で、サイダーと呼ばれるリンゴ酒が盛んに造られていた。ああ、フランスではシードル、かな。僕は一度だけサマセット・サイダーハウスで造られたシードルを飲んだことがある。二年前、僕がパリ留学していた頃に友人がちょうどイギリスに短期留学をして、その帰りに寄ってくれたんだ」

その当時のことを思い出すように、黒猫は遠くを見ていた。彼が一人の世界に入っていくのがわかる。

「サマセット・サイダーハウスの造るシードルは木樽でじっくりと熟成される。口のなかではじける発泡性は苦味と酸味が絶妙で心地よい。リンゴの甘酸っぱい記憶を寝かせ、香りを良くしている。切なくも幸福な味わいがあるんだ」

そう話すときの黒猫の表情を見ながら、マチルドは思った。

彼は——きっと大切な風景を心の中に持っている、と。

それはマチルドには触れられない場所なのだろう。

――でもいいわ。いま私は彼のとなりにいるんだから。

二分後も、十五分後も。このままずっととなりにいたいな……。

たとえばこのユーロスターが、終わらない旅になる、とか。

無意識でそう願ったとき、思った。そういう状態維持への願いこそが、ウシェール邸内で聴いた音のなかに見え隠れしたものの正体ではなかっただろうか、と。

あのときの自分は、父への供物として奏でられた音楽を身体で理解した。それはあの音の中に失ってしまった父との時間を感じたからではないだろうか。失ったと思ったもの、でも本当は今でも自分のうちにあるもの。

「リディアのデビューアルバムは故郷のシードルを思いながら作ったのかもしれないね」

「あっ」

『サイダー・サウンド』のノスタルジックな音の根底に、彼女の故郷の記憶が敷き詰められていたとは……。

黒猫がデジタル音楽プレイヤーを取り出し、イヤホンをマチルドの耳にあてがった。冷たい黒猫の指先が耳に微かに触れる。思わず彼女は赤くなる。

「リディアの敬愛する実験音楽の祖、ジョン・ケージの『イン・ア・ランドスケープ』の一曲『夢』だ」

マチルドは耳を澄ます。

その音は、子どもの手遊びのようにも聴こえる。ただいたずらに一音一音を積み重ねていっただけ。それなのに奥行きがあり、ドラマチックな様相を見せる。誰かを追いかけるかのようなメロディは、追いかけても追いつけないことを知っているがゆえに、ふいに足を止め、辺りを見回すように時おり途切れさえする。にじみ出る時間。贅肉を削ぎ落としたようなシンプルな音使い。

実験音楽——その言葉の難解さゆえに敬遠していたものが、今は手に取るようにわかる自分に気づかされる。

最初は悲しいようにしか聴こえなかった音が、あるときには嬉しいようでもあり、またそれ以外の何かでもあるように聞こえる。

リディア・ウシェールの音楽にも通じるような孤独だった。

「君は喜びと悲しみがまったく違うものだと思うか？」

音楽が途絶え、マチルドがイヤホンを外したところで、黒猫は静かにそう尋ねた。

「……だって、正反対の感情じゃないですか」

「僕はそうは思わない。悲しみのなかにも喜びがあるし、楽しいことのなかにはすでに悲しみが潜んでいる。君はいまのメロディの反復から単一の感情を喚起されたわけではないはずだ。同じメロディを聞いているのに、時に淡い至福の瞬間が見え、悲しみも見えただろう。そうでなければ、人間の時間はもっと薄っぺらいものになっている」

「薄っぺらい……どういう意味ですか？」

「悲しみに悲しみしかなかったとしたら、悲しむことに意味なんかないんじゃないか？」

マチルドは、うまく想像ができず黙っていた。

「たとえば、一人の愛する人間と何らかの形で別れる。君は悲しむだろう。だが、その悲しみは、君がその人物と別れるという形でもってしか得られないものだ。一回性を考えて自己の感情と向き合うとき、悲しみを悲しみゆえに切り捨てようとはしない。反復して次の日もまたその次の日も悲しむだろう。なぜだ？　悲しむのが大好きだからか？」

なぜだろう？

なぜ人は悲しみの底から立ち上がれなくなるのだろう？

父が死に、何日も何日も部屋から出なかった。なぜ――。

「それは、そういう時間だからだ」

「時間……」

「君に与えられた一回性の時間だからだ。そのなかには悲しみもあり喜びもある。そして過去の喜びはいまをいっそう悲しくもさせる。そんな反復運動が日々行なわれるはずだ」

そうだ。父の死について考えていると、すぐに家族旅行や二人で映画を見に行ったことだとか、それよりもっとずっと古い記憶が押し寄せて余計に彼の不在を際立たせた。

そして、そんなことを一日に何度も何度もベッドのなかで思い出し続けていたのだ。

気がつくと、マチルドの目から涙が溢《あふ》れていた。

黒猫はそれをそっと指で拭《ぬぐ》いながら言う。

「悲しみを見つめることは苦しい。にもかかわらず悲しみから目をそらすことは難しい。

マチルド、なぜだろう？」

「だって目をそらしたら――私とその人の関係性が途絶えてしまうから」

「そういうことだ。そして記憶に終わりがない以上、我々はそれが風化するのを待つしかない」

「風化……」

「そっと時間に身を委ねるとき、それ以前の時間とは違った景色が見えるはずだよ」

ユーロスターは、ちょうど長いトンネルに入る。

車内は仄暗くなる。

マチルドは、闇のなかに父の面影を探していた。

後ろに手を組んで歩く父。

「そこにこそ本当の時間がある」

トンネルは続く。

心の奥底を彷徨するように、その闇は果てしない。

「君のなかにも、僕のなかにも美的時間は眠っている」

父が振り返り、笑う。

ほんの十数分程度のあいだに、幾百の記憶がマチルドのなかを駆け抜けた。

「さあ、そろそろイギリスに入るぞ」

黒猫はそう言ってハンカチを渡した。

「鼻はかむなよ」

「……」

窓の外に光が射す。トンネルを抜けると、アナウンスも英語に切り替わった。果樹園の連なるケントの街並みが、あらゆる感情を溶かしてゆく。

となりの黒猫は、もう会話していたことすら忘れたように風景に魅入っている。陽光に照らされ、黄金に輝く「イングランドの庭」のなかに何か大切なものでも探しているみたいに。

イヤホンを再び耳に当てると、オモチャのピアノを使ったような音が流れてきた。その音の一つ一つが、今では有機的なものとして意識されるのだった。

マチルドは、目を閉じた。目蓋の裏に、はっきりと父の姿が見えた。

7

「出張費はいくらでも出るから」

ユーロスターを降りた後、黒猫はそう言ってタクシーをチャーターした。A325９を直進した後、ミード・ウェイで曲がるように指示を出す。

およそ三時間のドライヴだった。窓の外に広がるのは、家々と深い緑が融けあい、自然と人間の暮らしが共存した街並み。夕暮れ時のサマセットは涼しく、迫りくる秋の気配を微かに感じることができた。

大した柵もなく飼われた子牛が二人をつぶらな瞳で眺め、一声上げる。そして、どこからともなく鐘の音が聞こえてくる。マチルドは、昔よく読んでいたマザー・グースの世界を思い起こす。

「このあたりが住宅地で、あとは大体畑か森林か公園になる。一度ここらで聞いておこうか。ジャルダン家のことを誰か知っているかもしれない」

止めるよう指示をしてタクシーを降りた。運転手が二人に呼びかける。

「待ってるよ。ここらじゃ滅多にタクシーなんか通らんだろうから」

礼を言って降りる。

しばらく歩いたところで、耕具を片付けている最中の農夫に話しかけた。

「あんたら、ジャルダンさんとこに行きたいのかい？」

訛《なま》りの強い英語で男は言う。

「そうですが」と黒猫が答える。

「それなら、それ、あの斜め前の家がそうさ。もう今は目の見えない婆さんが一人いるきりだ」

農夫が示した斜め前方の家を見る。

石造りの家には、所狭しと蔦《つた》が絡まっていた。

「まだ五時なのに、この辺りは外灯もないから暗いね。早めに見つかってよかった」

まったくである。マチルドは、ここへ一人で来ようと考えていた自分の無謀さを改めて痛感する。

間近で見るジャルダン邸は、まさに草木の根城だった。

いまや誰も開けないらしい窓も蔦に覆われ、その隙間を大きすぎるトカゲが二匹ちょろちょろと移動している。

夕暮れ時だというのに、室内の灯りは見えない。もっとも、盲目の老婆が一人で住んでいるのならば、灯りは必要ないのかもしれない。家に近づくと、テレビの大きな音が洩れ聞こえてくる。耳もあまりよくないのだろうか。

ノックをしても返事はない。

黒猫はもう一度だけノックすると、ゆっくりドアノブをまわした。

「君は来なくていい」

この暗がりに残されるのは心細い。マチルドはすぐに黒猫のあとを追いかけた。

埃《ほこり》と、乾いたハーブの香りが立ち込めている。

テレビの灯りが室内の唯一の照明。

その灯りのほうへと、ゆっくり歩いていく。

ぎゅし、ぎゅし。

床の軋む音が思いのほか大きい。

「バリーかい？」

しゃがれた声がする。年老いた、女性の声。

姿は見えない。

テレビの手前で二人に背を向けたリクライニング・チェアが僅《わず》かに動く。

声は、そこから聞こえてくる。

「バリーだろ？」

「残念ながらバリーではありません」と黒猫は英語で答えた。

しかし、老婆は気にしなかった。

「やっと帰ってきたんだね、バリー」

黒猫は出方を考えるような長い沈黙の末、慎重に言葉を紡《つむ》いだ。

「リディアは帰ってこないんですか？」

老婆は沈黙したまま、顔をこちらに向けた。

白髪のおさげ髪。かつては美しかったであろう彼女の顔からはほとんどの歯が抜け落ち、白濁しきった眼は、わずかな光さえも映し出さないように見えた。

「まだあんな女のことを。愚か者だよ、バリー。早く忘れておしまい」

「なぜ忘れなきゃならないんですか？」

「そりゃあ、決まってる」

老婆は曲がった背骨をいっそう前かがみにして濁った目でこちらを見た。

「バリー、もっとこっちへ来ておくれ。顔を撫でさせておくれ」

黒猫は迷うことなく老婆に近づいていき、彼女の足元に膝をついて目線を合わせた。老婆は彼の顔のある辺りに懸命に皺くちゃの手を伸ばし、その顔を捉えた。

頬を撫で、耳を撫で、鼻先を指でなぞった。

老婆は泣いていた。

「やっと……やっと、帰ってきてくれた」

「なぜリディアを忘れなくてはならないんですか？」

黒猫の声は優しかった。

老婆は少なからずその言葉に気分を害した様子だったが、黒猫の態度に気を許したのか、話し始めた。

「あの子はうちには必要なかったんだ。うちに置くべきじゃなかったんだよ」

「リディアはあなたの子どもではないのですか？」

「何を言っているんだい、バリー」

情けないとでも言うようにかぶりを振り、老婆は背もたれに身体を預けた。

「お前が生まれた日、同じ病院で生まれた子がいた。母親は出産時に出血多量で死に、その子は生まれながら孤児になる運命だったんだよ。それをピエールの馬鹿が『これも神のお導きだ』とか何とか言ってねえ……いま思えばあれがすべての間違いさ」

「でもリディアは音楽家として成功した。あなたのおかげじゃないですか」

フン、と老婆は鼻で嗤《わら》った。

「金もないのにピエールが熱心にピアノのレッスンに通わせたからね」

老婆は〈熱心に〉を強調して、わざとらしくゆっくりと言った。

「知ってるんだよ、バリー。本当はあんたこそリディアに魂を奪われた張本人だったってことはね。私を誰だと思ってるんだい、まったく」

「僕はリディアを愛していましたよ、もちろん家族として」

「口がうまくなったもんだね」

「いま、生計はどうしているんですか？　母さん」

「週に一度、向かいのナターシャが食料を届けてくれるのさ」

「それなら安心ですね」

言いながら黒猫は仄暗い室内を見回した。

そして——壁にかかった一枚の絵を見つけた。

「この絵は？」

「家を出たばっかりの頃に、おまえが送ってくれたんじゃないか」

それは根っこが裸になった巨大な樹の絵だった。

上にいくほど幹が太くなる、不自然な形状。その頭の部分は褐色の空に溶けて見えない。

この樹は大地に根ざさない状態でどうして直立していられるんだろう。

黒猫はしばらくその絵を見ていたが、すっと立ち上がると、老婆の肩に手を置いた。

「また来ます。さよなら、母さん」

「待っておくれ……バリー、バリー、行かないでおくれ！」

追いすがる老婆の手をするりとかわすと黒猫は尋ねた。

「最後にもうひとつだけ。ピエール……父さんはどこに？」

呪いをかけるような声色で老婆は答えた。

「だから言ったじゃないか。あの子だよ。何もかもあの子が悪いんだ。あの子のせいだよ」

夢見心地に言いながら老婆は、テレビのほうに向き直った。

黒猫はマチルドに軽く頷いてみせ、外へと促した。

外に出ると、途端に外気が首の辺りをすうっと駆けていく。

「彼女……大丈夫なんでしょうか。あんな状態で正常な生活がおくれているとはとても……」

「現実を認識していないだけだ。少しばかり認知症が入ってきているのかもしれない。だが、言葉も意識もはっきりしているし、まだまだ元気そうだ」

黒猫はそれから向かいの家へと歩いていった。

「どうする気ですか？」

「このままじゃ戻れないだろう？　客観的なジャルダン家の内情をつかまなければ」

向かいの家の扉をノックをする黒猫の後ろで、マチルドはジャルダン家のなかに入っていったときの黒猫の大胆さに驚いていた。

この日本人は次の行動が予測できない。

マチルドはドキドキしながら黒猫を見守る。

ほどなく現れた四十代半ばの女性に、黒猫は流暢《りゅうちょう》な英語で話しかけた。

「あなたがナターシャさんですね？」

「……そうだけど、あんた誰？」

「向かいのジャルダンさんのことで伺いたいことがあります」

「だから、どなた？」

「リディアの友人です」

「……なるほどね、入ってちょうだい」

ナターシャはその嘘を信じたようだった。

マチルドもそそくさとあとに続く。

室内は外以上にひんやりとしていた。

「リディアのお母様のところに毎週食料を届けておられると聞きました」

「ええ、それが何か？」

「どなたかから仕送りを？」

「わかっていて言ってるんだろう？　リディアさ。彼女が私に毎月決まった額を送ってくれてるんだ」

なぜか後ろめたそうにナターシャは顔を背けた。恐らく、そのうちの何割かは彼女の懐《ふところ》に吸い込まれているのだろう。

黒猫もその心中を察したように言った。

「おかげでお母様は元気そうでしたね。しかしいくら仕送りをもらっているとはいえ、あなたにとっては大変な労力だ。そのうちの何割かはあなたへの報酬も含まれているのかもしれませんね。もし含まれていないなら、パリに帰ってリディアに言っておかなくては」

優雅な黒猫の微笑に、ナターシャは心を許したようだった。

「それには及ばないよ。仕送りはじゅうぶん足りているもの」

「それはよかった。さきほど、少しお母様と話をしてみて思ったのですが、その、だいぶ現実の認識に困難があるように感じました。違いますか？」

「まああの歳だからね、夫も入院したままだし、誰も訪ねてこない。仕方ないさね」

黒猫は玄関脇の三毛猫の置物を手にとり、その埃を指で拭った。

「彼女の夫が入院してからどれくらいですか？」

「リディアが出て行った年だから、十二、三年くらいかね？」

「すると、リディアが出て行ってすぐに入院を？」

「……言いにくい話なんだけどね」

ナターシャは言いにくいというわりにはやや嬉々とした様子で、黒猫の耳に顔を寄せて言った。

「ピエールはリディアに、その、なんていうか、手を出してたのさ。完全に熱を上げていて、手放そうとしなかったんだ。だから、リディアは夜中にこっそりと家出した。バリーが逃がしたんだ、あの子は優しい子だったからねえ」

彼女は懐かしむようにそう言った。

「ピエールはそのことで怒り狂ってね。アマンダ――ああ、母親の名前だよ――が逃がしたと思い込んで彼女に暴力を振るった。そりゃあ鬼のような形相で庭のほうまで追いかけまわしてね」

それで――。

ナターシャはテーブルの果物ナイフを持ち、振り上げる真似をする。

「後ろからバリーがね。ピエールは、刺し傷よりも倒れたときの打ちどころが悪くてそのまま寝たきり生活さ。バリーは裁判でも正当防衛が認められたけど、町にいられなくなった。親を殺しかけた者への風当たりは思った以上に強くてね、ピエールから引き継ぐはずだった庭師の仕事の依頼もパタリと来なくなったんだよ」

「庭師？　ピエールは庭師だったのですか？」

「ああ、そうだよ。バリーも彼の影響で植物に造詣が深くて、将来は造園家になりたいって言っていた。だから、造園の勉強をさせようと、アマンダはなけなしの金を握らせて彼を家から出したんだ。それが、まさかあんなことになるなんてね」

「あんなこと、とは？」

「何、あんたリディアのお友達なのにそんなことも知らないのかい？　バリーは三年前に自家用機に乗ったまま行方知れずになっちまったのさ。それからだよ、アマンダの様子がおかしくなったのは」

ナターシャは窓辺に歩み寄って溜め息をついた。

「リディアとバリーが消えてからっていうもの、まるで火が消えたみたいにこの町はさびしくなったよ。町が少し老け込んだ感じってわかるかい？　リディアもバリーも、この町の光だったんだ。それは、彼らが単に若いとかそういうことじゃなかった。

あの二人は小さい頃からいつもくっついて行動していてね、人懐っこくはないんだけど、礼儀正しくてそりゃあかわいかった。周りの人間にも親切だったし、大きくなってからはもっと積極的に町に自分たちの才能を還元しようとしていた。バリーは庭仕事や畑仕事で若いのにいいアドバイスをくれたし、リディアはときどきピアノの演奏をして町のみんなを喜ばせた。この辺りは農家が多くて気候に一年を左右されることもある。途方に暮れるような年もあったけど、そんな時にあの二人の心遣いに救われた連中は多いはずだよ」

土地の精霊だ、とマチルドは思った。彼らはサマセットの土地を愛し、つねにそこに暮らす人々のために自らの才能を使う術を知っていたのだ。

ナターシャは在《あ》りし日がすぐそこに見えているかのように、目を細めて語り続けた。

「二人は夕暮れ時になるとね、いつもヘスタークーム・ガーデンのほうへ散歩に出るのさ。小さい頃も、大きくなってからも、彼らが語り合っているのを見たことはないね。いつもただ隣を並んで歩いていたっけ。まるで言葉なんて要らないみたいに」

それほど二人のあいだには強い絆があった、ということだろうか。眺めている景色が同じだったから。

「二人を見てると、こっちまで不思議に満たされた気分になったもんさ。つまらない小さな町の平凡で退屈な毎日だけど、なんだ、捨てたもんじゃないかもしれないってね。私くらいの歳になると、そういう一瞬の風みたいなもののほうが現実的な気がするよ。なんていうか、生きてるっていうかさ」

しみじみと語るナターシャを見ながら、マチルドは、彼女の感性を理解できるような気がした。この世には、彼女の言う「風」を感じさせる人間が、たしかにいるのをマチルドは知っていた。祖父や、生前の父がそうだった。そして、黒猫も。

この町にも、かつてそんな「風」が吹いていたのだ。

マチルドはリディアの若い頃を想像し、その横に影絵のように青年を配してみた。

帰り道、カフェで軽食とシードルをテイクアウトし、待たせていたタクシーで急ぎロンドンへ向かう。そこからさらに二時間と少しでパリへ。

帰りの道中、マチルドは黒猫に尋ねた。

「そう言えば、黒猫の用事はいいんですか？」

「もう済んだ」

それ以上聞くなとでも言うように、黒猫は目を閉じてしまった。

結局、アパルトマンに帰りついたのは零時を過ぎていた。

サクレ・クール寺院の前で黒猫と別れる頃には、再び空腹に見舞われていた。サンドイッチは黒猫の二倍の量を食べたはずなのだが。

街灯が映し出す寺院を見ながら、マチルドは鞄の中からシードルのボトルを取り出し、口に含んだ。

ちりちりと舌で弾ける炭酸の感触が心地よく、空腹感を静めてくれた。

それから、マチルドは黒猫の別れ際の言葉を思い出した。

——明日、講演会のあと、ウシェール邸に行ってみよう。

解決の糸口が見えたということなのかもしれない。

黒猫は失われた音楽の謎を解くことができたのだろうか？

第三章　落下する時間たち〈解釈篇〉

1

綿谷埜枝の家からM川沿いまでは一瞬だった。同じ道でも行きよりも帰りのほうが早く感じるのは、その風景が身体に馴染んできた証拠なのだろう。

「ひとまず今日はここで現地解散としよう」

友井ビルが見えてきたところで、唐草教授が言った。

「え、先生、大学に戻らないんですか？」

戸影は即座に尋ねる。

「ちょっと散歩して帰るよ。あとは自由行動」

何を考えているのか、戸影はわーいと小学生のようにはしゃいでいる。

唐草教授は川の土手に向かってすでに歩き始めていた。こういうところはじつにさっぱりしている。

「唐草教授、どこに行ったんだろう」と戸影が独りごとのように呟いた。それから、ニヤッと笑って付け加える。

「綿谷埜枝さんのところに戻ってたりして」

「誰もがあなたみたいなことを考えてると思わないほうがいいよ」

そんなことよりも、気になるのは唐草教授のご実家が火災事故で焼失したという話である。

時間は身の回りのあらゆる物に染み込んで、自分と不可分なものになる。家が焼ける、ということは、たとえ人命に関わらずとも、自分のなかの何割かが焼け落ちることなのかもしれない。

「時間の喪失って計り知れないよね」

ぽつりと口にする。言ってから、しまったな、と思った。考えていることを脈絡なくぼそりと呟いてしまう癖がある。こんなとき、となりにいるのが黒猫なら、それでも話は進んでいくのに。

ああ、また黒猫サイクルに入り込んでいる。

慌てて首を振って雑念を追い払う。

「先輩、心配ご無用です」

「……何が？」

「たとえ婚期を逃しても、僕が先輩をもらってあげますから」

戸影は見当違いなことを言って自分の胸を叩く。

「誰が婚期の話をしたの？　私はね……」

「あ、いま気づいたんですけど、『アッシャー家の崩壊』と『星から花』って、どっちも時間がテーマになってるんですね」

こっちの言うことなどまるで聞いていない。それにしても話のネタがポオでは、脱線の誘惑に抗えないではないか。

「そうだよ。でも『アッシャー家の崩壊』が壮絶な喪失のプロセスのなかから浮かび上がる時間を描いているのに対して、『星から花』はむしろ、初めは時間がない状態からスタートしているんだと思う。時間が現れるのは、最後の最後」

「最後の赤い月、ですか」

「うん」

「アッシャー家の崩壊」は物語の前にロデリックとマデラインがともに過ごした年月があるのに対して、「星から花」は物語の前には二人の関係性が何もない。人と人とが出会うことで生まれる二つとない時間。「星から花」は時間が生成されて終わり、「アッシャー家の崩壊」は隠された時間が現れて終わる。どちらも到達点は赤い月。

「そうだ、少しお茶でもしていきましょうよ」

戸影はそう言って駅前のカフェを示した。

カフェ「サーバント」の出入口には、アデニウムが美しい花を咲かせていた。気分を入れ替えるのも悪くない。

中に入ると、黄土色の店内に、砂漠の商人のような服装をした店主がいて、来客の顔をチェックしている。「いらっしゃい」という代わりに軽く頷く。入っていいということのようだ。

壁にかかった「B・J」とロゴマークのある金属の破片のようなものが気になって店主に尋ねると、アフリカの商人から安値で買い取った飛行機の部品だと言う。

「砂漠に落ちていた飛行機の破片なんてロマンチックだと思いましてね。サン＝テグジュペリの『星の王子さま』みたいじゃないですか」

男の浪漫はよくわからない。誰かが墜落したという悲劇的代物ではないか、とこちらは考えてしまう。

奥の席に陣取ってケニア珈琲を頼む。カルダモンを入れてもいいかと問われ、お願いします、と答えた。

「僕、カフェオレかカフェラテ」

戸影はふざけているのか本気なのか判然としない。

それから、ふいに子供がビー玉でも覗き込むようなきらきらした目をしてこちらを見る。

「先輩の顔、こうやって間近で見ると本当にかわいいですよね」

「はっはっは。拝観料とるよ」

少年のような顔をして何を言うのかと思えば。調子を取り戻すべく、本題に入ることにした。

「それより、時は金なり。考えるべきことが山積みなんだから」

「せっかくのデートなのに……」

「デートじゃないから」

埜枝から聞いた話を説明しながら、先ほど頭のなかで考えていたことを書き出してみる。
●なぜ赤い花と白い花はすり替えられたのか。
●いつ、誰が、どうやってすり替えたのか。
●星から花を作る男とは何者だったのか。
●彼はなぜ翌日の約束を破ったのか。
●彼は埜枝のことをどう思っていたのか。
最後に「●唐草教授はなぜ『星から花』を〈供物〉と形容したのか」を追加すべきか迷うも、ここではやめておくことにした。唐草教授との個人的な会話のなかで出てきた言葉を、戸影に話してしまうことが躊躇《ためら》われたのだ。

「それじゃあ、一つ目。なぜ赤い花と白い花はすり替えられたのか。埜枝さんは心変わりと言っていたけれど、ほかに考えられると思う？」

「そうですね……たとえばですけど、白い薔薇は男のせめてもの善意だとは考えられませんか？」

「善意？　薔薇をすり替えるのがどんな善意になるの？」

「たぶん、男には花をあげたい人がいたんです。ただし、それは埜枝さんじゃありません。彼女の家に上がったのは単なる偶然でした。だから当然、花をあげるつもりもなかった」

「んん、まあいいよ。それで？」

「ところが埜枝さんと話している男は、お酒をいただいたお礼をしないとまずいような気持ちになる」

「まあ、躾《しつけ》のいい殿方だこと」

「そこで、男はこう考える。まだ花屋は開いているだろう。だったら、薔薇はこの女性にあげてもう一度帰りに花屋に寄って帰ればいい、と。ところが――」

「花屋には白い薔薇しか売っていなかった？」

「そうなんです。でも今さら赤い薔薇を返してくれとも言えない。だから代わりに白い薔薇を買って、せめてもの気持ちで赤い薔薇とすり替える」

たしかに善意だ。心変わり以外のすり替えの可能性に、わずかながら光を当てたことは評価できる。しかし――。

「でもさ、翌日デートの約束をしたのはどうして？　それをすっぽかした理由は？」

「それは……ええと、会話の行きがかり上というか」

「そうじゃないよ。だって男が自分から言い出したんだもん」

戸影はそこで両手をこめかみに当てる。智恵を絞りだそうとしているのかもしれない。

「先輩、男が埜枝さんに薔薇をあげたのはいつでした？」

「え……い、いつって……」

「夜でしょう？」

「そうだけど、それがどうかした？」

「夜にはきっと満天の星屑が散っていたんじゃないですかね？」

「……そうかもね」

「もしかしたら、男は薔薇を渡すときにちょっとしたカッコつけをしたかもしれないですよね」

「カッコつけ？」

「手品ですよ。埜枝さん、あの星をよく見ていてください、あの星から僕は花を作ってみせますよ、いきますよ……はい」

そこで戸影はテーブルの真ん中にすっと手を出した。

赤い花——ではなくて赤いハンカチを花の形にしたもの。

「びっくりさせないでよ」

「こんな感じで、手品をしたとは考えられないでしょうか。つまり、星から花を作る職業っていうのは自分がマジシャンであることを仄めかす台詞だったと考えられます」

「そうなると、すり替えは？」

「マジックです。何か特別なマジックで白い花を赤い花だと思い込ませていたんですよ」

手品だと言われてはそれ以上つっこめない。

「デートのすっぽかしはどうなるの？」

「オフランドでディナーショーをやる予定だったのかもしれませんよ。ところが、ここで自分が迂闊にも手品で使う大事な商売道具を、彼女に渡したまま帰ってきてしまったことに気づく」

「それってもしかして花の鉢植え？」

「そうです。だからディナーショーは欠席せざるを得なかった」

ちょっとした余興まで挟んでうまくまとめられてしまった。

「でもそれ、間抜けすぎない？　自分の商売道具をディナーショーの前日に人に渡しちゃうなんて。それに、小道具なんていくらでも代わりがあるでしょう。第一、手品師みたいな真似をしたなら、そのことも埜枝さんは教えてくれたと思うけどな」

ぶーぶーと戸影がむくれてしまう。こういうときは先輩として責任を取らねば、と軌道修正に乗り出す。

「まあ動機なんていくらでも想像を超えるものがありそうだし、ほかの謎から考えよう。いつ、誰が、どうやってすり替えたのか」

戸影も肩の荷が下りたような顔になって、背もたれに寄りかかりながら尋ねた。

「外から侵入するのは簡単そうですよねえ」

「あなたも見たとおり、生垣なんか簡単に飛びこえられるよね。家にいるのは埜枝さん以外、酔っ払い学生が三人」

戸影はカフェオレないしカフェラテを飲む。

遅れてカルダモン入りのケニア珈琲もくる。熱そうなのでとりあえず話を続ける。

「時間は埜枝さんが眠ってから起きるまで。でも、外部犯だったら不法侵入までしてそんなことをするのは不自然だよね、やっぱり」

すると、戸影が名探偵のように顎をさすりながら言った。

「となると、内部犯――唐草教授ですかねえ」

「どうして？」

「そりゃあやっぱり埜枝さんのことが好きだったから。もし仮に唐草教授が埜枝さんを好きだったとしますよ。そうすると、花の色が赤から白に変わって得をするのは唐草教授です。先生は埜枝さんに、男に振られたと誤解させたんですよ」

「……部分的には納得できるけど、いくつか問題があるよ。まず一つ、じゃあオフランドに男が来なかった理由は？」

戸影は黙った。だが、目を閉じ、アイデアがすぐそこにあるようにもどかしげな顔をしている。と思ったら突然大声で叫んだ。

「閃《ひらめ》きましたよ！　先輩、覚えてますか？　埜枝さんは一度結婚してるんです。それも、唐草教授の親友と」

すっかり忘れていた。

「きっと男の正体は唐草教授の親友だったんです。だから唐草教授は彼に『埜枝さんがお前を嫌ってる』とか何とか言ってデートを邪魔した。でも親友はめげることなくその後も埜枝さんにアタックして見事結婚。唐草教授にとってはきっとほろ苦い記憶なんじゃないですかね」

今回、綿谷埜枝の一件で、唐草教授が時おり見せる微かに切なげな表情が、じつはずっと気になっていた。

親友の恋を邪魔した記憶――。

もしそれが本当なら、唐草教授にとっては掘り返されたくない一件だったに違いない。

有り得ない線ではないのか。だが、星から花を作ると言った理由が解けずじまいになってしまう。

「惜しい……気はするんだけどね。やっぱり駄目だよ」

「どうしてですか？」

「埜枝さん自身も言っていたように、階段の軋む音も聞こえなかったもの。それに、いちばんの問題点。もし男の正体が唐草教授の親友だったら、どうして彼女は『星から花』を書いたの？」

ああ、と戸影は情けない声を上げた。

埜枝の恋がハッピーエンドに終わったのなら、あの短篇は生まれるはずがないのだ。

――図式を探るんだよ。

黒猫ならそう言うのだろう。彼の頭のなかにあるのはベルクソンの力動図式の概念で、要するにあらゆるイメージの原点のようなものである。学問探究のみならず黒猫の思考法の基礎にもなっており、ある事象から真相を引き出すとき、彼は〈図式的推理〉を行なっているらしい。

今回のように行為の主体がわからない場合でも、現象のなかに図式を見つけることは可能かもしれない。

そんなことを考えていたら、一刻も早く確かめなくては、といても立ってもいられなくなった。

「ディスカッション終了。よし、まずゲニウス植物園に行く」

一気に珈琲を流し込んで立ち上がると、戸影が呆れ顔で言う。

「先輩、早くないですか？　僕、まだ飲んでるのに……」

「さっさと飲んじゃいなさい」

困惑顔で慌ててカフェオレないしカフェラテを飲む戸影をよそに、しかめっ面をした店主に向かって歩き始めた。

「星から花」の原風景が生まれた場所。

そこにはまだ眠っている物語があるのかもしれない。

2

二人が出会ったというゲニウス植物園は、M川駅のすぐ隣の駅を降りて少し歩いた先にあった。緑豊かな住環境を誇る都内有数の文教エリア。なかでもひときわ閑静なロケーションにその植物園は位置している。

ゲニウス植物園の創始者、國槻瑞人は植物学者である。彼は英国式庭園を学ぶべく渡英した後、日本の植物分類学において華々しい成果を収めたのみならず、地球を〝植物の惑星〟と捉える植物思想を実践する庭造りで世界的に名を馳せた。

彼が私財を投じて造り上げたこの植物園は、世界中から取り寄せられた三千種にも及ぶ四季折々の植物群が曼荼羅《まんだら》のような広がりを見せており、開園三十五年目の今なお観光客があとを絶たない。

「國槻瑞人の武勇伝は僕も知ってますよ」

入口まで来たときに戸影が言った。

「武勇伝？　どんな？」

「彼、自家用飛行機で世界中を飛び回って草花を集めていたんですよね。バオバブみたいな馬鹿でかい樹も、現地の人の手を借りながらたった一人で調達してきちゃったところが、学者というより冒険家みたいで子供心にかっこいいなって思ったのを覚えてますよ」

「ふうん。今でも生きてるのかな？　國槻さんって」

「わかりません。三十年前、三十五歳の若さで行方不明になってしまったんですよ」

「詳しいのね」

「失踪前日の日記に、恋人と二人だけの世界を求めて駆け落ちしたいって書いてあったんです。かっこいいじゃないですか、自家用飛行機で恋人と二人きりの逃避行なんて」

理解不能だ。そんな危なっかしいことをしているから行方不明になったりするんじゃないか。

首を傾げつつ入園受付票に住所氏名を記入する。入園料を払うと、〈ぼたにか手帖〉を手渡された。Ａ5の中綴じタイプで、表紙には山高帽を被ったハンサムな男性の白黒写真があしらわれている。この人物が、國槻瑞人なのだろう。芥川龍之介をさらに線を細くしたような二枚目である。

園に入って最初に迎える打ちっぱなしコンクリートのモダンなエリアでは、点在する巨大な鉢の中で見事な蓮の花々が秋の静寂を湛えている。

そこから石段を下ると、突然別世界が開かれる。こちらが異物であることを認識させられるほどに圧倒的な翠《みどり》の園。植物たちが息を潜めている気配が伝わる。

ワレモコウやヤマハギ、ヒガンバナが秋の彩りを添えているなか、名も知らぬ草木も混じっている。古今東西の雑多な植物群が生態によって再分類され、四季の順番を静かに待っているのだ。

時間があればもっとゆっくり歩いて見て回りたいところだが、今日は時間がない。中央に向かって進んでいく。日が暮れる前には一度大学に戻って済ませておきたい雑務もいくつかあった。広大な敷地だから真ん中に向かうだけでも十五分はかかった。

途中、問題の赤い薔薇を探そうと思って見て回ったが、赤い薔薇は山ほどあり、埜枝の話にあった花がどの種類かを見つけ出すのは至難の業に思えた。

代わりというわけではないが、カメラで日本古来の薔薇の写真を撮った。ここ数日の頼まれ仕事をやっつけるためである。どれほどの解像度が必要なのかわからなかったので、とりあえずいちばん高い画質に設定しておいた。

そこから温室のコーナーへ進むと、今度はいちいち戸影が「うー」とか「ひょー」とか言って騒ぐ。

「サバンナに行かないと出会えない植物にお目見えできるっていいですよね」

やや興奮気味に語る戸影の目はいまや完全に少年のそれ。食虫植物をはじめ密林系の植物ばかりやけに詳しいのは、昆虫や恐竜に夢中になる男の子ならではだろう。

「ちょっと、すっかり楽しんでるみたいだけど、今日来たのはね……」

「あ、ありましたよ、バオバブの樹。先輩、これを見に来たんでしょ？」

わかっていたらしい。

バオバブの前で埜枝と男は出会った。そこに何か意味があったのではないか、と考えたのだ。

樹の前に立つと、その貪欲なまでの生命力に言葉が出てこない。太い幹がどっしりと大地に根を張り、これ以上はないというほどに大きく生長して木陰を作り出している。

三十年前、見知らぬ男女が一本の植物に引き寄せられ、その鼓動を聞くうちに恋に落ちる。

だが、その恋はすれ違い――「星から花」という傑作が生まれた。

そして、見上げれば感じるはずだ。

空にぐんと伸びて広がる細かな枝。真下から見上げると、それはちょうど円形に広がって見える。

「待って……」

頭のなかで一瞬だが何か閃いた。少なくとも、これから調べなければならないことが見えたような気がしたのだ。

「見えたかも」

教えてくださいよー、とまとわりつく戸影にひとつの宿題を課すことにした。

「え、それを僕が調べるんですか？」

明らかに不満そうに戸影は言った。

「今日中に調べてね」

あえて表情が視界に入っていないふうを装って頼む。

「じゃあ、先輩は何をするんですか？　まさかラクをしようってわけじゃあ……」

「私はもうちょっとぶらぶらしてから帰るよ。調べたいことが別にあるし」

名残り惜しげな戸影の肩をポンとたたき、「よろしく！」と体育会系のノリで言い渡して、さらに奥へと進み始めた。

そこにあるだけでエキゾチックな雰囲気が漂うパパイヤやバナナなどの大型植物群を抜けると、小さな滝のあるエリアに突入した。

待ち構えていたのは、ジャングルだった。

見たこともないユニークな形状の植物に囲まれ、このまま帰れなくなるのではないか、という不安にさえ襲われる。そして古代生物を連想させる形状に魅入るうちに、確実に剝がれ落ちるものがある。

――時間の意味、みたいなものだろうか。

ここにも時間はある。だが、それはうつろいによってのみ把握可能な、自然の領域にあるものだ。

そこからさらに進むと、和の風景に抜け出る。桜に松、銀杏といった木々があり、キキョウ、ツチハリ、コウヤボウキといった草木の姿が目に入る。

きっとこれらの植物たちは、万葉の世界に関係があるのだろう。この歳になっても『万葉集』を読み解いたことがないというのは研究者として気恥ずかしい気もする。

綿谷埜枝の小説に限らず、文献をあさっているとさまざまなところで『万葉集』に遭遇する。それだけ、日本人の心にこの和歌集は刻み込まれているのだ。

最初に〈ぼたにか手帖〉をぱらぱらと眺めていたとき、気になる花があった。だが、園内のどこに咲いているのかわからない以上、さまよい歩くほかない。この植物園は、目的をもって歩くのには適さないのだ。

このまま迷子にでもなってしまったらどうしようかと、半ば真剣に心配しだした頃だった。ぽつりと鼻先に一滴雨が当たった……。

夕立。

横殴りのざあざあ雨をやり過ごそうと、ブナの木陰に身を隠した。

「すぐやむかな……」

傘を持ってきていない。このまま植物園に宿泊というのはさすがにちょっと怖い。

そんなことを考えていると、目の隅に何かを捉えた。そのブナの樹のすぐ脇に薄い桃色をした花が並んで雨宿りをしていたのだ。

やっとお会いできましたね。

そのたおやかな姿に一瞬で虜《とりこ》になった。

ほろ酔いになって頬を染めた在りし日の綿谷埜枝の姿が、そこに見えるような気すらした。

もう一度〈ぼたにか手帖〉を確かめる。

——間違いない。

葉をざわめかせた夕立が、足早に走り去って静寂が帰ってきた。

よし、と立ち上がり、出口へ向かって歩き始める。

大学で用事を済ませ、夜になって家に帰ると、居間で母上が待っていた。

「七時ごろ電話があったけど、とろうとしたら切れちゃって」

「そうなんだ……」

誰からだろう。すぐに着信をたしかめる。「非通知」。

最初に考えたのは、パリはいま何時くらいだろう、ということだった。たしか日本はパリより七時間早いから、七時ごろというと正午前後。黒猫の居住先は知っていた。引っ越してすぐに住所だけが書かれた絵葉書が来たからだ。つい先週も、よくわからない仕事の案件のみの手紙が届いた。

「待ってるのね」

「え？」

「黒猫くんからの電話」

「……そうなのかな」

ときどきわからなくなる。待っていないわけはない。

でも――もし電話がきたら、何をしゃべればいいんだろう？

もう二人の時間は途絶えてしまった。いまはそれぞれの日常がある。話したところで、互いの距離を感じて終わりなのではないか。

「時間って面白いわよね」

珍しく仕事が明けているらしく、お茶を入れながら母が話しかける。

「待っているときはすごく長いのに、追いかけると足りない。眠れない真夜中は一瞬で過ぎていくのに、眠っていると夢のなかで壮大な人生をひとつ終えているときもある」

「うん。変幻自在だね」

「万葉の時代って、今みたいに忙《せわ》しなく生きてたわけじゃないけど、やっぱりいろんな時間を感じて生きてたんじゃないかって思う。そして、きっとそんな自分に植物の姿を重ねたのね」

思いがけず『万葉集』の話が出て驚いた。そんなこちらに気づかずに彼女は続ける。

「〈道の辺《へ》の尾花《をばな》が下の思ひ草今更々《いまさらさら》に何か思はむ〉なんていじらしいじゃない。花の姿に思いを託したほうが自然だって思えるくらい、想いを秘め続けて身動きがとれないような恋愛が、きっとそこかしこに転がっていたのよ」

身動きがとれない恋——。

そう話す母の横顔は穏やかだった。

「ねえ、恋って成就しないと終わっちゃうものなのかな?」

聞いてみたい問いだった。娘として、女として。四半世紀を独り身でとおした彼女の答えを聞いてみたかったのだ。

母は、こちらの意図を汲んだらしく、先輩らしい笑みを浮かべて答えた。

「終わるし、終わらない」

「……どういうこと？」

「ある世界では終わってる。でもべつの世界では終わらない」

「ＳＦみたいなこと言うね」

「お忘れですか？　私が日本最古のＳＦ小説の研究者であることを」

彼女は『竹取物語』の研究者なのだ。

それから母はニヒヒと笑って、机のうえに本を置いた。

綿谷埜枝の最新短篇集だった。

「ごめん、今日ヒマだったから借りて読んじゃった」

「あ！　ひどい、まだ私読んでないよ、それ」

「だってここに置きっぱなしにしてあったんだもん」

ニヤッと笑うと、母は十歳ほど若返る。しかし、おかげで突如『万葉集』の話が出た偶然にも納得がいった。

「この人の本、昔読んだことあったけど、変わらないわね。彼女の恋愛も難しそう」

「え……小説を読んでその人の恋とかわかっちゃうの？」

それはちょっとした才能ではないだろうか。

「大人になるほど時間の仕組みは複雑になるのよね。あなた次第よ。植物を気取るもよし、鳥になるもよし」

鳥になる——か。

溜め息をつく代わりにお茶を勢いよく啜って、やけどをした。「馬鹿ねえ」と母上は言いながら、煎餅を差し出す。

それから、しばらく二人は無言で煎餅を頬張った。

秋ぐちの夜に、ばりばりとけたたましい音が響き渡ってゆく。

3

その翌朝のことである。携帯電話の音で目を覚まし、慌てふためきながら通話ボタンを押した。

「もし、もし……」

我ながらひどい声をしている。

画面も確かめずに出たのがいけない。何と相手は唐草教授だったのだ。寝ぼけ声に対し、唐草教授は静かに告げた。

「朝からすまない。じつはね、昨日の夜、綿谷埜枝が倒れたんだ。脳梗塞だそうだ」

「え……!」

あまりのことに言葉がすぐには出てこなかった。

「昨夜、私は埜枝と二人でオフランドで飲んでいたんだ」

散歩して帰る、とは大人な言い回しである。いやいや、そんなところに感心している場合ではない。

「いつになく彼女が飲むものだから気にしてはいたんだ」

家まで送り届けて、しばらくして心配になり唐草教授は電話をかけたそうだ。ところがいくら鳴らしても電話に出ない。それで、唐草教授は引き返し、倒れている彼女を発見して救急車を呼んだということだった。

「彼女が脳梗塞をやるのは二回目でね。今度はこのまま意識が戻らない可能性もあると医者は言っている」

「そんな……」

「君は、構わずにこの間の論文を完成させてくれたまえ。きっと埜枝もそのほうが喜ぶだろう」

「先生、私がお見舞いに伺うのは、迷惑でしょうか？」

「……面会時間は三時までのようだ。病院に言っておこう」

「お願いします」

「ありがとう。しかし、君はいいのかね？　せっかく……」

「どうしても伺いたいんです」

何か唐草教授が言いかけたのに、勢い込んで言葉をかぶせてしまった。

一度話しただけの人間が会いに行ってもどうにもならないのはわかっていた。でも、ほんのわずかな時間でも秘密を共有した相手は、もはや他人のようには思えなかった。

いつもより念入りに化粧をして、ダークブラウンのワンピースのうえに黒の鉤編みニットを合わせてみたのは、埜枝の前ではきちんと女性らしい恰好をしようという気持ちがどこかに働いたせいかもしれない。

髪をねじって編み込むと、我ながらぐっと秋らしい感じにまとまった。

いざ出陣、と思っていると、携帯電話が再び鳴った。

電話の主は、戸影である。

——この忙しいときに……。

「もし……もし」

地獄の底から這い上がるような声で、戸影がしゃべっている。

「ど、どうしたの？」

「き、昨日……夕立にやられて……風邪ひいちゃいました」

ご愁傷様である。哀れみの言葉をかけるよりも先に笑いが洩《も》れてしまったのは不覚だった。

厳命した。

「ごめんごめん、ゆっくり休んでね。それより……」

唐草教授からの電話の内容を告げると、戸影も同様にショックを受けているようだった。一緒にお見舞いに行きたいと言い出したが、病院に風邪菌を撒き散らすなと自宅待機を
「そういえば、調べましたよ、言われたとおり」

電話を切りかけたとき、戸影がそう言った。

「言われたとおり？」

ひどいなあ、と戸影は嘆きながら、

「花火大会の日にちですよ。明日の九月六日です」

「やっぱり」

「でも、どうしてわかったんですか？　埜枝さんがオフランドに行ったのが花火大会の日だなんて」

「また今度話すよ。ありがとね」

「困りますよ……付き添うように言われてるのに……」

律儀な付き人である。

「いい子はねんねしてなさい」

「ひどい……先輩」

戸影はようやく引き下がった。世話がやける。電話を切ると、画面に着信を告げる表示があった。見ると「非通知」。戸影の電話と重なってしまったようだ。

居間に書類を広げて古文書と格闘している母に、行ってきまーす、と声をかけた。

「行ってらっしゃい」

言いながら彼女は眼鏡を外して、銀色の包みに入ったチョコスティックを投げて寄越す。「朝ごはん」を受け取り、微笑を返して家を出た。

外に出ると、風がふわりと吹いてくる。ああ、もう夏は終わるんだな、と改めて思いながら駅へ向かった。駅の花屋で真っ赤な薔薇を数本、選んでもらう。

大学病院の二階ロビーで憔悴しきった唐草教授を見つけるまでは、まだ実感がなかった。が、彼の顔を見た瞬間にようやく理解できた。一人の人間が意思をなくしたことの重大さを。

唐草教授の顔は、わずかのあいだに老け込んだように見えた。彼のシャツがくたびれているせいでも、無精髭が微かに伸びているせいでもない。彼は確実にたった一日で老け込んでいたのだ。そして、近寄っても一向に顔を上げようとせず、一点をぼんやりと見つめていた。

彼の目の前に立つと、こちらの持っている花に気づいてようやく顔を上げ、優しく微笑んだ。

「いい花だ。彼女によく似合うだろう」それから立ち上がる。「では、行こうか」

はい、と言いながら、今日ここへ来たのは場違いだったのではないかと思えてきた。唐草教授の秘密の小部屋の扉を開けてしまった、そんな気まずい感覚。

それでも、唐草教授はいやな顔ひとつせず、むしろ見舞いを喜んでさえいるように見えた。

長い廊下を歩きながら、唐草教授はこちらの緊張をほぐすように言った。

「どうだね、昨日の謎は解けそう？」

「一応、私なりの答えは」

「頼もしいね」

「あくまで解のひとつ、なんですけど」

「すると、君はやはり『星から花』で論文を書こうという意志は変わらないのだね？」

「はい。それに、埜枝さんとも約束してしまったんです」

「約束？」

「はい。ユーの本心がわかったら、埜枝さんに教えるって」

脳裏に埜枝の言葉がよみがえった。

――もし正解がわかったら、私に教えてちょうだい。こっそりとね。

教えられればよかった。涙が出そうになって慌てて目を閉じる。

「そうか、そんな約束を……」しんみりしかけた唐草教授だが、すぐに明るい調子で取り繕《つくろ》う。「君も難題を任されたね。ホワイダニット以外にフーダニット、ハウダニットもあった。世の名探偵さんはたいへんだ」

唐草教授からそんな探偵小説めいた台詞が飛び出したことを意外に思っていると、彼は口髭をいじりながら付け加えた。

「こう見えて探偵小説は好きなんだよ。さてと、今回の謎を君はどんな手順で解いていったのかな？」

エレベータに乗り、十四階のボタンを押す。もっとしんみりと埜枝さんの状況について話すのかと思っていたが、唐草教授は淡々としている。あるいは、そうしていないと精神がもたないのかもしれない。

「はい、まず気になったのは、赤い花と白い花をすり替える意味です。もし心変わりの意思表示だとしたら、少し回りくどいやり方のように思えました。それに、もっと言えば翌日オフランドに現れなければいいだけですよね。と考えると、これは心変わりの意思表示ではない。加えて、当時その場にいた唐草教授を含む三人の学生の誰かがやったとも考えにくい」

「私かもしれないよ。二人の仲を引き裂こうと考えて画策した、とかね」

楽しそうに唐草教授は言う。

「その案は戸影君が言ってましたが、私のほうで却下しました。もっと合理的な結論を見つけたんです」

「聞きたいね」

「盲点だったのは、すり替えたという発想です。赤い花から白い花に変わったのを『すり替えた』という言葉に置き換えてインプットしてしまったせいで、解けるはずの問題が解けなかったのです。それと、男がその花を『薔薇』と呼んだこと。私の知るかぎり昼と夜で色の違うような薔薇はありません」

「では、やはりすり替えないと無理、ではないかな？」

「一つだけ可能性があります。その花が薔薇ではない場合です」

「しかし、彼女は次の日の朝、赤い薔薇を探していたよ」

「彼女は男にそう言われて鵜呑みにしていたのだと思いますが、実際には薔薇ではありませんでした。スイフヨウという花だったのです」

エレベータが開く。十四階。

唐草教授が開くボタンを押して、先へ出るように促す。

再び廊下を歩きながら、にんまりと微笑み、

「その花に君がたどり着くとは思わなかった」

「ヒントは、彼女がほろ酔いだったということです。酔って赤くなった彼女を指して『君に似てる』と言ったと考えれば、納得のいく話です。

スイフヨウは一日しか花を咲かせません。まず白く咲き、夕方から夜にかけて赤く染まるとてもドラマチックな花ですよね」

「すると――君の考えでは、男は〈薔薇〉と嘘を言ったということかな？」

唐草教授の見え透いたフェイントを笑顔でかわす。

「いいえ、違います。スイフヨウは別名コットン・ローズ。木綿の薔薇という名前があるんです。つまり、ほろ酔いの埜枝さんを酔った芙蓉＝スイフヨウに喩えるのと、一方で埜枝さんの名前を知っていて綿谷の綿とコットンをかけたのと、二つの意味があったんじゃないでしょうか」

「面白いな、それは」

「ですから、すり替えてはいません。前日の花がしぼんで落ち、別の白い花が咲いていたのです。したがって、男は心変わりをしていない。『星から花』でも、現実でも」

彼女の病室の前に到着する。

ドアにはまだ診察中の札がかけられていた。

唐草教授は少し離れたところにある長椅子に腰を下ろし、空いている隣を促す。黙礼して座ると、彼はしみじみと言った。

「では、同時に〈いつ、誰が、どうやって〉はすべて消えるわけだ。自然の仕業、と」

「時間の仕業、ともいえるかもしれません」

夜に語らい、恋が一夜を越えた。それが花の色に表れている。

「すべて彼女の勘違いだった、ということか」

唐草教授はそう言って棽枝の病室のドアを見つめた。

その瞳の奥に、熱くたぎる思いを感じるのは、気のせいだろうか。

「彼女は勘違いはしていなかったと思いますよ」

「勘違いしていない？」

「棽枝さんは知っていたはずです、それがスイフヨウだということを」

「何だって？」

この瞬間、いつもからは考えられないほど唐草教授の顔に驚きの表情が浮かんだ。

「気づいていた？　そんなはずは……」

「作中、ユーからアイへ贈られた薔薇の花びらに『万葉集』の和歌が綴られています。〈山吹《やまぶき》の匂《にほ》へる妹《いも》がはねず色の赤裳《あかも》の姿夢《いめ》に見えつつ〉。このはねず色は朱色のことですが、当時はそこに薔薇は含まれていないようです。はねず色というのはほのかに白を帯びた紅のことで、庭桜や庭梅のことを指していたのです」

「となると、ここで出てくるのは場違いな感じだが？」

「ところが、古典学者たちの間でも見解は分かれていて、はねず色には芙蓉の色を含めることもあるようなんです」

「芙蓉の色も？」

その言葉に、なぜか唐草教授は動揺しているように見えた。

「だから、『星から花』が書かれたとき、埜枝さんは男の人が渡した花が薔薇ではなくスイフヨウであることを理解していた、ということなんです。もちろん、男が何者なのかも」

「……そうだったのか」

唐草教授は、心をどこかに解き放っていた。まるで、心の中にべつの世界があって、そこでいまだに埜枝と話でもしているかのような、穏やかな笑顔。

唐草教授が静かに拍手をした。

「やはり、君は黒猫クンがいなくなって、変わったね」

「……そうですか」

「何というか、論理が自立しはじめた」

これまでは自立していなかったということか、と改めて恥ずかしく思いながらも誇らしい。

「まず学者としての直観があり、その直観を立証するための努力がある。黒猫クンの場合はいささか常人の理屈を超越しすぎるきらいがあるが、君の論考はある意味ではファンタスティックでありながらとても堅実な印象を受ける。

　君のような研究者がどんどん活躍できる土壌を、我々指導者側は作っていかなければならない。まあ、実際にはこれがひどく難しいんだがね」

　そう言って唐草教授は苦笑いを浮かべた。

「学問を一つの塔に喩えるなら、その塔を高くしていくことにこそ意味がある。そう思えば、もっと若い人の活躍の場を増やすべきなんだよ」

　唐草教授は五十半ばとはいえ、学部長としては若い。周りの年配教授へ配慮しながらでは采配どおりにはいかないのが現状だろう。

　彼の現在の葛藤が垣間見える。黒猫の海外放出という人事も、黒猫が国内の年功序列の学会形式に潰されないための措置と見ることもできた。彼を巨星にする。海外でもうひとまわり大きく進化した黒猫が大学に戻ってきたとき、そこで何かが起こるのを期待しているのかもしれない。

「埜枝は小説家としてデビューするとすぐに大学院を辞めてしまったけど、いつでもみんなのマドンナだったんだ。そして、そんな彼女を振り向かせた男が一人だけいた。それが、その小説のなかの男だ」

「一生に一度の恋、だったんですね、きっと」

「身が滅ぼうとも続く恋というやつだな。そういう恋に終わりはない」

――ある世界では終わってる。でもべつの世界では終わらない。

昨夜の母の台詞がよみがえる。

「時間というものが美にとって重要な概念なのはいうまでもない。たとえば、時間を経てこそ芳醇なワインはできるし、骨董品とは時間そのものが価値の契機と大きく結びついている。

もっといえば、芸術体験自体にも時間は大きく関与している。ある芸術作品を観て、それを美しいと感じるのは、その作品のなかに何らかの輝きを感じるからだろう。輝きとは、純粋な美的精神の活動によって把握された時間のことだ。

恋は終わる。だが、純粋な美的精神の活動のなかでは終わらないんだよ」

そう語る彼の横顔が、ふっと寂しげに見えた。

やっぱり唐草教授は――。

「先生……」

尋ねようとしたそのとき、病室のドアが開いた。

なかから医師が現れる。

「診察が終わりました。どうぞなかへ」

4

白い衣を纏ってベッドに眠る埜枝の素肌は、昨日出会ったときよりも透き通って見えた。

人工呼吸器をつけてはいるが、表情も穏やかで、彼女の意識が戻っていないという現実を忘れそうになる。

唐草教授に促され、ベッドの脇に並んだ椅子に腰掛ける。

「穏やかな表情だ」

「声をかけてもわからないのでしょうか？」

「意思の疎通は難しいし、いまのところ眼球の反応も乏しいようだ。でも、これから六カ月は様子を見ないと確かなことは言えないらしい」

「ご家族は？」

「彼女の両親は軽井沢にいるが、すでにご高齢だし、彼女の面倒は見られまい。経済的にも厳しいだろうし」

「では治療費は……」

「私が払っていこうと思っている」

「唐草教授が、ですか？」

「三年前に一度倒れたときから、いつか再びこういう日がくるんじゃないかとは恐れていた。幸い、脳波は正常だし、自発呼吸もある。大事な友人をこのままにはしておけない」

それから唐草教授は神妙な顔で言った。

「私はね、いまの埜枝の状態をとくべつ悲観してはいないんだ。植物というのはつねに他者を前提とする存在だ。彼らは虫の助けを借りなければ受精ひとつできない。今の彼女に意識がないからと言って、植物と比較するのは不謹慎かもしれないね。

だが、考えてみてほしい。彼女がふつうに動き、笑い、よくしゃべった頃、我々は彼女の何を理解していたのだろうか？　彼女のテクストを読み込んでもなお、すべてを理解しきれるわけではない。ただ一緒に過ごした時間があるだけだ。それはこれからも変わらないんだよ。ともに時を刻むだけだ」

ここに、自分はいていいのだろうか。

唐草教授と埜枝だけの親密な時間に入り込んでしまったような、いたたまれない気持ちになった。

「人間は時間から離れられない。自然の一部だからね」

その説は、唐草教授の講義で聴いたことがあった。

「はねず色の話も出たから、『万葉集』の話をしよう。和歌の多くは自然の風景に心情をのせている。もともと日々のことや恋の悩みを抱えていたところで自然景観に触れたのか、それとも自然景観に触れた結果、ふいに恋について考え出したのか、というのはそれほど明確に分かれているわけではないと思うね。彼らは自然の一部としてさらさらと思いを歌にしたためた。そこに、彼らの共通の時間があったのではないかと思う」

「共通の——時間……」

「自然と寄り添う穏やかな精神によって把握される時間。西洋的美意識とはまた違った〈美的時間〉がそこにはあった。

編纂されたのは、一度仕事などでその地を離れると二度と会えないのが普通だった時代だ。そういう世界で、それでも彼らは恋することを恐れなかった。痴話喧嘩を歌にし、嫉妬を歌にし、遠くへ行く人を恋《こ》い歌った。それらの和歌が、身分の上下にかかわりなく集められている。おおらかに日常の風景や心情を詠んだ〈想いの葉〉という純粋な精神の時間を集約したんだ——と、これは埜枝からの受け売りだ」

そう言って笑う唐草教授の顔は嬉しそうだった。

「ところで、星から花を作る男の正体はわかったかな？　そして彼はなぜオフランドに現れなかったのか。君の見解を聞きたいね」

もちろん、回答は用意してある。

「ヒントは〈星から花を作る男〉という言葉でした」

「それが——ヒントになるのかね？」

「はい。論考はシンプルであるに越したことはないっていう唐草教授のお言葉も参考になりました。二人が植物園で出会ったのはバオバブの樹の前。そこで男はこう尋ねます。『ここに何頭象がいれば、この樹に生った実を食べきれるだろう』。これは『星の王子さま』を踏まえての会話です」

「なるほど。サン＝テグジュペリか」

「バオバブの樹の前でそんな質問をすること自体、彼が埜枝さんを教養がある人間だと想定していることがわかります。つまり、彼は埜枝さんに初めて会ったわけではなかったのではないかって思うんです」

「じゃあ、どこで出会っているのだろう？」

「いちばん自然なのは、ゲニウス植物園で一度出会っている、という考え方です。ただ、それだけでは綿谷埜枝という人間を知っているとは言えません」

「そうだね。それだけでは埜枝が教養のある人間だと知っているとは言えない」

「でもゲニウス植物園なら、それも可能になるんです」

「ほう。と言うのは？」

「あそこでは、入園前に署名をしなければなりません。出るときに自分の前後の名前を確認すれば、彼女の名前も住所も確認できたでしょう。あとは周辺調査をすればわかるというものです」

「ふむ。いったい誰なのかな、そこまでして……そこまでして埜枝に固執した人物とは」

「彼女が私にした話から純粋に考えると——とある花火師という推理は可能じゃないかと」

「花火師？」

唐草教授は自分の耳が信じられないとでも言うように眉間に皺を寄せた。

「星というのは花火師の業界用語で火薬玉のことです。それを玉と呼ばれる球体に詰める。〈玉＝アース〉です。そして上空で玉が破裂し、星が散って花になる……」

「まさに、星から花を作る男だったわけだな」

「はい」

「どうやってその結論に至ったのかね？」

「バオバブの樹の下に行ったときのことです。樹を見上げたとき、円形に広がった樹の枝が打ち上げ花火みたいだって思ったんです」

「そうか、バオバブの樹が……」

「そうです。だから、男の人はもしかしたら自分の職業のインスピレーションを得るためにバオバブの樹を見に来ていたんじゃないかって思いまして」

打ち上げ花火の作り方について調べると、これが驚くほどぴたりと埜枝の話に符合した。

「これは——恐れ入ったよ」唐草教授はそう言って力なく笑う。「では……彼はなぜオフランドに来なかったのかね？」

「男が花火師なら、もともと来る予定はなかったんじゃないかって思うんです。彼は彼女にあるものを見せたかったはずですから」

「あるもの？　それは何かね？」

「九月六日、M川では恒例の行事がありました。秋の花火大会です」

「花火を見せたかった、ということか」

埜枝の目はしっかりと閉じられ、話を聞いている気配はない。

一呼吸置いて、すぐに言葉をつなぐ。

「でも、その日、花火は打ち上げられませんでした」

唐草教授の目が、遠くに向けられていた。まるで、遠い日にタイムスリップするような目。

「そう、花火は打ち上げられなかった。なぜそのことに気づいたのかね？」

「昨日、唐草教授は昔M川沿いに住んでいたとお話しになりました。家は火災に遭った、とも」

「ああ、言ったね」

「その火災の原因が、あの日の花火の打ち上げ失敗事故だった。そうですよね？」

「君には脱帽したよ。まったく、悲劇というのは思いがけないときに転がっているものなんだ。約五百発が数十秒のうちに引火し、大火災となった。その結果、オフランドにいた彼女は、花火を見られなかっただろう。

しかし、問題はむしろその後だ。花火師の男自身も怪我をしたうえに、多大な損害を与えたかどで花火界からの追放を命じられた。怪我が治るまでに五年。その後は職を転々としていたと聞いている」

「唐草教授は、どうしてそんなことを知っているんですか？」

「彼は律儀にも後から私の家に謝罪に来たんだ。彼のせいじゃないのにね。あの日は風が悪かったから」

責任を感じた男は、表舞台から去った。

「君の推理に乗るなら、こんな推理も可能かもしれないね。あの日、花火師は彼女に捧げたスイフヨウをイメージした花火を打ち上げようとしていた、とかね。あんな事故さえなければ、きっといろんなことが違っていたはずだ」

あんな事故さえなければ。

もちろんそんな仮定に意味はない。

ほかに選択肢はなかった。二人は出会うべくして出会い、それと同じく必然によって引き裂かれたのだ。それでも、ほかの未来があったのではないか、と夢想せずにはいられないのが、人間という生き物だろう。

「埜枝が君の推理したように考えて『星から花』を書いたのなら、彼女は彼が花火師だと知っていたんだな。だとすれば、彼を追うこともできた、ということになるね」

「そうですね、ええ、たしかに埜枝さんには追うこともできたと思います。なんで追わなかったんでしょうね……」

唐草教授は冷静沈着な面持ちで一度頷き、それから言った。

「今の彼女には意思はない。だが、そのなかに確実に時間は生きている。昨日までの彼女だって、きっと同じだったんだよ。彼女は自分のいる場所から世界を眺めていたにすぎない。

彼女は薔薇だ。一輪の美しい薔薇なんだ。そこに触れるものを待つ以外に、彼女は方法を知らなかったんじゃないだろうか。つまり、男の告白を待つよりほかは」

こちらの推理に足りない最後の一ピースを補完してくれたのは、唐草教授だった。

その言葉を聞いたとき、不思議と埜枝の小説の世界観としっくりくるものを感じた。追いかけるのは、薔薇には似合わない。それは彼女のなかでは超えてはいけない領域なのだろう。

埜枝の小説は大地に根を張り、移りゆく世界を眺めている。主観と客観が綯い交ぜになったような独特の観点もまた、植物的と言える。

そして――。

棥枝の寝顔を愛おし気に見つめる唐草教授の表情のなかにも、同様の植物的な情動を垣間見た気がした。

この二人は似ている。きっとこれだけ長い年月のあいだ友情を続けていたのなら、棥枝も唐草教授に好意をもっていなかったわけではないはずだ。いや、むしろ「薔薇」である彼女は、触れられるのを待っていただけなのかもしれない。だが、男もまた植物であれば、両者が触れ合うことはない。

「棥枝は『アッシャー家の崩壊』をマデラインとロデリックの踏み絵の物語と思っていたんだろう。二人が壮絶なラストを迎えたのとは対照的に、『星から花』のユーとアイの運命は終始交差しない。ただ心が通い合った一瞬がヒートアップしていく。二人の心の動き自体が、赤い薔薇の侵略だったんじゃないかな」

「私も、そう思います」

あれは、色づいた心。二人のあいだに満ちていた時間だったのだ。唐草教授は続けた。

「きっとあの結末を迎えたあと、アイの暮らした惑星は赤から元の星の色へと戻ったことだろう」

「あっ……そうか……」

棥枝は薔薇がスイフヨウだと知っていたのだ。ならば、当然惑星の色はいずれ赤から元の大地の色に戻る。

「瞬間のなかにある永遠を描いたんだ。運命を交差させて一族の永遠を一瞬に凝縮した『アッシャー家の崩壊』とは正反対の試みだ」

唐草教授はそう言いながら、埜枝のベッドの脇にある花瓶に飾られた白い花の隅に、こちらの持参した赤い薔薇を入れてくれた。

「この花はもしかして――」

「スイフヨウだ。懐かしい友人が届けてくれた」

今夜、赤く染まるだろうその花は、静かに横たわる埜枝の眠れる情熱を思わせる清楚な佇《たたず》まいだった。

唐草教授は埜枝の手をやさしく握って、ゆっくり噛み締めるように言った。

「また来るよ」

その響きのなかに二人の時間が見える。

唐草教授の薔薇は、返事をすることなく眠っている。

でも、その眠りの底には、またべつの時間が流れている。

花火師と埜枝の恋は、その時間を邪魔するものだろうか？

そうではあるまい。

彼女は花火師との閃光のような一瞬の恋を小説に描いた。

それは想いを葬るための儀式だったのだろう。打ち上げ花火にはもともと供養の意味がある。薔薇に覆い尽くされた赤い星は、上下左右どこから見ても丸い、日本の打ち上げ花火のようではないか。

埜枝の感情は、きっとすでに整理がついていたのだ。

花火師との恋は——もう額縁のなかに入っていた。

次元が違うのだ。花火師との恋は二次元の絵になっている。

額縁のなかでは埜枝はずっと花火師を想っている。

『万葉集』の草花が放つ一瞬の恋の閃光は、夜空に舞う花火にも通じていたのだ。

しかし、一つだけ腑に落ちない。

唐草教授はこちらが花火師という単語を出したとき、ひどく驚いているように見えた。

埜枝がすべてを知っていたと指摘したことに関しても。

つまり、彼は男の正体に関しても、埜枝の内面についても気づいていなかったはずだ。

だとしたら——。

●唐草教授はなぜ「星から花」を〈供物〉と形容したのか。

この謎の答えは、結局まだ出ていないことになるのだ。

教授が言っていた〈供物〉とは、一体どのようなものだったのだろう？

誰に、あるいは何に捧げられたもの？

帰り道、時間について考えていた。アッシャー家の双子が共に生きてきた時間。ユーとアイが出会い語らった時間。花火師と埜枝の時間。唐草教授と埜枝の時間。黒猫と自分の時間——。

いろんな時間があって、うつろいゆく今がそれらに色をつける。母は言った。恋は終わるし終わらない、と。埜枝の恋もきっとそうだったに違いない。自分はどうだろう？

赤く色づいた思いは、明け方にしぼんで消えるのかもしれない。そのときに、赤かった季節のことを噛み締めて埜枝のような穏やかな表情で微笑むことができるのだろうか？

うまく、想像ができなかった。

今の自分にはまだ、赤い花が落ちることの悲しさしかわからない。まだ若いから？　そうかもしれない。

無性に、黒猫と話したくなった。

初秋の黄昏時は風がふわりと心地よく、同時に寂しさをも拾い上げる。

まだわずかに青さの残る木の葉が舞い落ち、踊る姿を見ながら、気がつくと時間は過去へと下ってゆく。

二人で並んで歩いた時間へと帰っていってしまう。

ダメダメ。

今を見なきゃ。

だから――話をしよう。
髪を揺らす風を切るように走り出す。
落下する時間たちを踏まないように、
そっとよけながら。

第四章　舞い上がる時間たち〈解釈篇〉

1

黒猫のお披露目講演会の開催場所がアルス・ノヴァ講堂であることは事前に知らされており、第三課程の学生なら自由に聴講することができた。もっとも二層に分かれた座席の二階部分に限られていたけれど。

アルス・ノヴァ講堂はコロッセウム形式を採用しており、円形の座席がぐるりとステージを囲む形をとっている。どこから質疑が飛び出すかわからない緊張状態で講演に臨んだほうがより有意義なものとなる、との思想からこの構造が選ばれたようだ。

出入口付近には報道陣の姿も何人か見え、フランス国内でも黒猫が注目されつつあることがわかる。

マチルドは人ごみをかきわけて、空いていた二階の最前列に腰かける。スピーチセットの位置からちょうど正面。いい席だ。ここなら壇上の黒猫の顔がよく見える。

黒猫がマチルドに気づいてくれるようにと思って、今日はコントラストのはっきりしたマリンブルー・ボーダーのタイトなワンピースにした。マチルドは用意していたオペラグラスを取り出し、目を当ててピントを調節して壇上をアップにする。

まだ黒猫の姿はない。

客席のあいだの細い通路を通り、ステージの階段を昇って現れたのは研究生らしき司会者だった。

彼は赤ら顔で満面の笑みを浮かべ、拍手をジェスチャーで要求し、大げさに頭を下げ、マイクのスイッチを入れて話しだした。

「今日は、さすが美学界の期待の新星である教授の初講演会だけありますね。いつものカビの生えたおじ様方とは少し客層が違うようだ」

会場からくすくすと笑いが洩れる。

「お若い研究者の皆様も大勢お集まりくださっていますので、ぜひ教授に美学の根本的なテーゼのお話をお聞きしたいと思います。それでは教授、よろしくお願いいたします」

講堂の上にある照明室からライトが差し込み、通路を照らす。

一人の男が中央のステージに向かって歩いてくる。

彼は高い壇上に階段を使わずにひょいと飛び乗ると、客席をぐるりと見回し、四方に一回ずつ頭を下げた。

女子学生から黄色い歓声が上がり、思わずマチルドはムッとする。敵はなかなか多い。黒猫はまるで日頃と変わらぬシニカルな表情でマイクの前に立ち演説をはじめた。

「本日はお集まりいただきありがとうございます。確かに皆さんにはカビは生えていないようですね。見た目だけかもしれませんが」

笑いが起こる。この一言で、客員教授に対して戦闘的な態度をとることのあるポイエーシス大学の学生たちの警戒心をあっけなく解いたのが空気でわかった。

そして、次の行動が、いやがうえにもこれから始まる講演への興味を引きつけた。

黒猫は持っていたレジュメを、その場で破り捨てたのだ。

「今日は考えていたこととはべつのことをしゃべります。皆さんの輝く瞳を見ていたら、少し冒険をしてみたい気持ちになりましたので」

会場の人々が隣同士で顔を見合わせ、興奮を隠せないといった様子で言葉すくなに会話を交わしている。

そのとき——マチルドの斜め前方、一階席の前から二列目に座っている、ダークブラウンのスーツを着て片眼鏡をかけた老人の姿が目にはいった。きりりと引き締まった表情、鋭い眼光、整えられた口髭。自宅で療養中であるはずの祖父だった。

その姿は自宅でベッドに横たわっているときの雰囲気とは異なっている。現代の美学界に燦然と輝く生ける伝説、ポイエーシス大学学長ラテストの顔がそこにあった。自ら招聘した若き研究者のパリ初講演。体調を押して聴きにきたのは親心もあるだろうが、祖父の場合は単に学問的好奇心が強いせいかもしれない、とマチルドは思った。

黒猫が絶妙な間をとりながら話し始めた。

「ちょうどカビの話が出ましたので、キノコの話もしましょう。このなかにキノコはいませんか？」

再び笑いが起こる。

「よかった。これで安心して話せる。まず、そう、キノコのはたらきについてお話ししましょう」

黒猫は言いながらボードにキノコのイラストをすらすらと描いてみせた。それに目を描き、ちょび髭を描くと、場内からくすくすと笑いが洩れる。

「キノコはカビの仲間で、それを呼び分けているのは見た目上の区分によるところが大きいのですが、もう一つ、機能の面から言えば、カビがセルロースを分解するのに対して、キノコはリグニンを分解します。とくにリグニンを分解できるのはキノコだけなので、植物界にとっても動物界にとってもキノコはとりわけ重要な存在なのです」

一体、黒猫は何の話をしているのだろう？　マチルドは不安になった。もしや直前に毒キノコでも食べたのではないか、と。

黒猫の謎めいた話は続いた。

「かつて、このキノコをこよなく愛した偉大な音楽家がいました。彼の名をジョン・ケージと言います。彼はキノコの生態の奥深さを生涯観察し続けました。キノコのはたらきはあまりに微小で目には見えない。その一方で、キノコが動植物にとってなくてはならない存在なのは確かなのです。キノコは両者を媒介する中間的性質をもっている。いわば、有用性のある存在なのです。

もうおわかりですね？　そう、ジョン・ケージの音楽理論を紐解くうえで重要な理念であるところの〈有用性〉。これを端的に象徴するものが、キノコだったのです。事実、彼は自身の名を冠したアルバムのジャケットをキノコのイラストで飾っています。

キノコを食物として摂取する生物は、人間からカタツムリまでさまざまです。キノコにはいろんな種類があります。我々がキノコとして認識しているのは、そのなかのほんの一握りの、マーケットに出回っているものに過ぎません。実際には、キノコの種のほとんどが植物と動物を媒介するものとして存在しています。毒キノコといわれるものも、人間にとって有害なだけで、昆虫には問題ないものもあります」

会場がざわざわとし始める。ジョン・ケージとキノコのかかわりはわかった。だが、いまなぜ、このタイミングでキノコなのか？

マチルドが考えあぐねていると、黒猫は言葉を続けた。

「ジョン・ケージにとって、音楽とはキノコのようであるべきものだったのです。いわば

〈有用性〉として芸術を定義することが、ジョン・ケージの創作の出発点にあったと言えるのではないでしょうか。

その作用は人間を対象とするとは限らない。ありとあらゆるものが対象であったはずです。犬もいれば猫もいて、もちろん植物も含まれていたことでしょう。少なくとも、キノコのような音楽は、植物界と動物界の双方に作用しなければならない」

ああ、ここへくるのだ。スローなカーブを描いた論説に見えたが、黒猫のロジックはスローに見える剛速球だ。

「さて、ここに古典的な美学上の問題があります。すなわち、芸術は自然を模倣したものなのか。自然美もまた美に含めるべきなのか否か。

この点について、現在、急進的な考え方のひとつに〈自然美との訣別〉を掲げている学派があることは、私が指摘するまでもないことと思います。その論旨は明快です。そもそも人類の歴史とはイデアの追究にあり、芸術の目的は人間固有の美の源泉を掘り起こすことにあったのだから、芸術美が自然美に倣うことに意味はない。我々はもう引き返せないところまで来ているのだ、と。そう思われる方は挙手をお願いします」

何人かの学生が手を挙げる。

「結構です。皆さんの考えももっともです。ですが、思考が無限であるのに対して、その手が成しえることはあまりに有限です。我々は歴史がつねに万全を尽くしたと言い切れるでしょうか?」

黒猫はジェスチャーで再び挙手を求める。だが、今度は手を挙げるものはいない。歴史が万全を尽くしたなどと考える者は、この中にはいないようだ。

「そう、歴史は万全ではありません。アリストテレスはたしかに自然を質料として、内なる形相を掘り起こすことが芸術の使命であると考えていた。そこには自然美を芸術美より下方に置く思想が根底にありますし、その流れはヘーゲル哲学へと継承され、現代に至る。現代ではあまり自然美を顧《かえり》みる美学者はおらず、エコロジーの観点は美や芸術に環境問題を持ち込む不純な動きとすら見られがちです。

カント以降、アドルノ、カイヨワといった先人が自然美の重要性を説いたにもかかわらず、現在の状態を見れば、結果的に自然美は美学のなかから退けられた感が否めません」

そこで黒猫は聴衆のほうを向き、語りかけた。

「何かが問題です。はたして何でしょうか? 自然美が芸術美より下位にあるか上位にあるかは、この際どうでもいいことです。

端的に言えば、アリストテレスの発言のもうひとつのニュアンスが、ないがしろにされる形で芸術学が進行していったことこそが問題なのです。

アリストテレスが美の存在の充実に着目していたことは間違いないでしょう。自然美のなかから美そのものだけを掘り起こすことが芸術の使命だ、と。じつはこのアリストテレスの言葉は自然の存在をどう捉えるかでまったく変わってくるのです。

芸術美と自然美を対峙させる考え方は、人間と自然を対峙させて捉えているのですが、昨今の社会的風潮にしたがって我々人間もまた自然の一部だというふうに考えてみると、様相は劇的に変わります」

発想の転換。エコロジーが盛んな現代社会においては人間を自然の一部とみる考え方は当たり前のように思われている節もあるが、こと美学の世界ではそうではない。マチルドは祖父の顔を見た。その口元に、いたずらじみた笑みを認めた。それは、祖父が興奮している証拠だった。

黒猫は続ける。

「私が今申し上げたのは、かたちの美を追究する先人の思想に反旗を翻すものではありません。そうではなく、かたちの美を追究する芸術の姿もまた、成分を分解するキノコの姿と同様の自然の試みだということです。

そのように考えたとき、芸術美対自然美という話自体が消滅することになるのです」

この大学の美学科にある二大派閥。黒猫はその対立の根源を覆し、消去してみせたのだ。それは祖父自身が望んでいたことでもあるのは、彼の表情を見れば明らかだった。祖父はいま、ブラックジョークにほくそ笑むマフィアの親玉のような顔で壇上を見つめていた。

「絵画を例にとってみましょう。絵画とともに進化を遂げてきたのが庭園であったことは、美学科の皆さんならご存知のことでしょう。自然を美しくカスタマイズした庭園のなかからさらに厳選した部位を摘出する。それが風景画の試みのひとつでした。

　西洋美学は、このような絵画の様式を解説する形で発展してきたがゆえに、自然美と芸術美を対立させざるを得なかったのです。

　しかし、たとえば十九世紀以降の庭園や、ジョン・ケージ以降の音楽はどうでしょう？　必ずしもそれまでのように自然を質料として形相を掘り起こすのではなく、機能美と自然美の同一視が可能ではないでしょうか。このように芸術の現場での動きと実際の美学芸術学との間に生じたズレは、いまや深刻な領域に突入しようとしていると言っていいでしょう」

　ズレ。断層。その言葉を聞いたとき、マチルドの頭のなかではウシェール邸で聴いたピアノ演奏が流れていた。その音楽は世界に生じたさまざまな痛ましい亀裂や断層に、無理やり音を構築して癒しを与えたりはせず、ただなぞっていたのだ。

　同じフレーズを重ねて弾き続けるリディアの演奏は静かな祈りであり、黒猫の言うとおり〈作用する音楽〉だったのだろう。

「正直に言えば、芸術美から自然美を排除する云々の議論はもはや百五十年ほど時勢遅れなのです」

　黒猫はやや挑発的にそう言って聴衆を突き放した。必要なところで引きつけ、ときに突き放し、さらなる高みへと誘う。祖父はとんでもない男を日本から呼び寄せたものだ。

突き放された聴衆を助け起こすような声色で、黒猫は話をつなぐ。

「たとえば、マラルメは〈プローズ（デ・ゼッサントのための）〉という詩篇のなかで〈植物図集〉という言葉を登場させています。さて、なぜマラルメはこの言葉をあえて選んだのでしょう？

彼は言語の有機性に早くから着目しており、当時の言語学の最先端の人物、シュライヒャーの著書を読んでいたのではないかと言われています。シュライヒャーの言語理論が当時斬新だったのは、言うなれば自然科学の分野から分類法を学んだ結果でした。

そのシュライヒャーが念頭に置いたものの一つは、シュライデンという人物の植物学における分類法でした。

このことは何を意味するのか――浮き彫りにされたのは、十九世紀まで自然から独立した道を歩んできたかに見えた人類の歴史のなかで、人間を人間たらしめる根拠であったはずの言語自体、植物と同様の分類が可能であったという皮肉な実態です。

知の航海の世紀であった十九世紀末、人間の営為がすでに自然の領域にあることを、最先端の学者はもちろんのこと、当時最先端の芸術の一翼を担ったマラルメもまた理解していたということです。言語がそうであるということは、同じく人間固有の営みである芸術や美もまた植物と同じ分類が可能であり、そうである以上自然の領域と言えるでしょう」

会場は、黒猫の理論が行き着く先を見極めようと瞬きも忘れていた。

「美や芸術が言語や植物と同じく有機体であるとはどういうことなのかを追究した先に、マラルメは〈絶対の書物〉の概念に行きつきます。それは、さまざまなイメージに向けてつねに無目的に動き回る頭のなかの〈小人〉――私はこれを〈遊動図式〉と呼びますが――をどこまでも見つめる〈モナ・リザ〉の視線のような書物です。言い換えれば、全方位的に作用するテクストです。そのような芸術のあり方は、自然の領域にある。

現在、前衛芸術の一部が自然回帰の傾向にある事実から目を背けたい学者もいるでしょう。それぞれの立場がありますし、それを否定するつもりはありません。しかし、このようにして美学とは何か、芸術学とは何か、日々議論する我々もまた、見ようによってはひとつの同じところを目指しているのかもしれない、ということは覚えておく必要があります。誰もその可能性を否定することはできないはずです。

キノコの話に戻りましょう。我々は食用としての一部分のキノコしか見ていませんが、実際にはその種類は何万ともいわれています。そして、それぞれのキノコがどのように〈作用〉するのかを調査するのがキノコ学者の仕事です。

我々美学者は、キノコ学者ほど冷静に美の動向を見つめているでしょうか？　知らず知らずのうちに美の理論を優先させてはいないでしょうか？　いま我々美学者に必要なのは論を立てる能力以上に、世界のノイズに耳を澄ませる精神的静寂ではないかと私は思います。言い換えると、〈美的時間〉、あるいは単に時間をもつことです」

時間――。

黒猫の論理は核心に迫りつつある。

美的時間。講義の軸はそこにあったのだ。

「森林のなかでキノコを含む菌類は土のなかの成分を分解し、昆虫たちはそれを食べ、木々は光合成を行なう。そのすべてが森林の内部で起こっている〈作用〉であり、地球という一個の生命体の〈作用〉です。芸術がわれわれに〈作用〉する時間もまたこのようであるかもしれません。

ベルクソンは時間の間断を許さぬ緊張状態をdurée（持続）という語で示しました。それは意識の専念が生み出す瞬間の輝きであり、そこには〈いま〉があるだけなのです」

〈いま〉――。

ありふれた言葉は、出てくる文脈によってまるで違った表情を見せる。黒猫は聴衆の感覚を異世界へ導き始める。

「時間について考察したアウグスティヌスは、その内面性に目をむけ〈私はそれについて尋ねられないとき、時間が何かを知っている〉という有名な言葉を残しました。その言葉は、彼の捉える時間がイコール〈いま〉を指していたことを意味しているでしょう。

時間は瞬間の〈純粋持続〉であり、そこに過去や未来を見るのは、時間を空間化して捉えていることに他なりません。バレリーナの揺れ動く〈優美〉な線だけを追うように、裸形の〈いま〉だけが時間の名に値する。逆を言えば、そのような状態のなかにすでに過去の痕跡も未来の萌芽もあるのです」

リディア・ウシェールのピアノ演奏のなかで、マチルドは父親に出会い、父親が自分のなかに生き続ける未来の萌芽を同時に感じた。だから、泣いたのだ。そこに圧倒的な時間を感じたから。

黒猫はここで声のトーンを柔らかくして、ソフトな調子で語った。より大事な話を、そっとこの場でだけ打ち明けるかのようだった。

「私は、半年前、日本からこのパリに向かう飛行機のなかで、スティーブン・ドゥルーリーが演奏するジョン・ケージの『イン・ア・ランドスケープ』というアルバムの一曲目を聴いていました。知らぬ間に飛行機は雲を突き抜けていました。窓から眼下の雲を見ていると、まるで自分自身がその上を走っているようでした。そしてそんななかで聴くケージの曲に、不覚にも自分が涙しているのに気づきました。なぜ泣いていたのかは自分でもわかりません。残してきた人のことを思ったのかもしれないし、ただ死について考えていたのかもしれない。でも、とにかくその瞬間、ジョン・ケージの音楽は感涙という形で私に〈作用〉したのです。そして、それこそが私の〈いま〉だったと言えるでしょう。

美学芸術学においても、まずは〈いま〉この瞬間の動きを把捉する必要があります。だからこそ美的享受、美的体験がより重要な世紀となってくるのです。

私は学者という生き物こそ頭でっかちになってはいけない、とよく思います。まず体験し、体験の奥に潜む声に耳を澄ませなくては、と。考察はそのあとです。自然美と芸術美の対立を論じるのに意味がないことは、これまで語ったとおりです。

外的な時間は流れていきますが、体験を吟味し、考察するときには内的な時間は持続しています。それこそが、真の意味で〈美的時間〉なのです。そして、そのように時間を捉えることは、きわめて植物的でもある。そこに自然の一部としてのわれわれのあり方も示されています」

2

黒猫についてマチルドが知っていることは本当にわずかである。

彼が日本からやってきたこと。その目的が祖父の危機に端を発していること。彼が卓越した超論理を駆使する研究者であること。

だが、そんな前情報などなくとも、黒猫はただいるだけで、じゅうぶんすぎるほどの存在感を醸し出す男なのだ。

――黒猫には〈いま〉があるから？

さっきの講義がまだ頭から離れない。彼女にとっては刺激的な講義だった。自分の脳内に森林があって、その闇のなかで光るキノコがゆっくりと自生し始めるような気がした。

そのとき、大学カフェの入口に祖父が現れ、中央の席にいるマチルドのほうへやってきた。学内では話しかけないという暗黙のルールのために、マチルドはこれまで学内で祖父に話しかけたことはなかった。

いまも、頭を下げるにとどめる。

「今日の服は少し派手すぎやしないか」

祖父はそう言って彼女の服装を気にした。正確には、彼女の服装に注がれた男子学生たちの視線を。

「ちょっと狙いがズレたみたい」

祖父は笑った。それから、顔を寄せて囁いた。

「黒猫に会ったら、お見事だったと伝えてくれ」

「自分で伝えればいいのに……」

祖父はゴホゴホと咳き込みだした。

「ちゃんと寝てなきゃダメじゃないの」小声で注意すると、祖父はいたずらを見つかった子どものような顔で言った。

「こんな楽しみな日に寝ていられるわけがなかろう」

学問一途の祖父はそう言いながら去っていく。

その後ろ姿を見送っていると、背後で声がする。

「寿命を縮めてしまったのでないといいが」

振り向くと、そこに黒猫がいた。顔に開いた書物をのせた状態で、椅子の背に寄りかかって天を仰いでいる。

「本当に神出鬼没ですね、黒猫は。しかも、悪い冗談ですよ」

「大丈夫、心配しなくても、ラテスト教授は二百歳まで生きるさ」

言いながら黒猫は顔にのせていた本をとった。

「その本、何ですか？」

「植物事典。君の見せてくれた植栽計画図でひとつだけ気になるところがあった。君は写真記憶的に庭園の詳細を語ってくれたのに、真ん中に薔薇があることについてはまるで触れなかった。なぜなのか、ちょっと気になったんだ」

「薔薇？　そんなものなかったですよ」

「でもここに書いてある、ほら」

見ると、そこには名前が書かれていた。

その花の名をマチルドは知らなかったが、薔薇の一種であるのは間違いなかろうと推察した。そして——彼女の見たかぎり、Cotton rose に相当するものは見当たらないように思えた。

「たしかミズト・クニヅキが駆け落ちした恋人のことを日記のなかで形容した花だ。おお、Cotton rose のごとく赤く染まりし君よってね」

「へえ、そうなんですか……」

赤い花なんかなかったな、とマチルドは思った。すると、そんな彼女の不審げな表情を見て笑いながら黒猫が言った。

「まあとにかく、実際に見てみないことには何も始まらない」

彼はカフェの壁にかかった時計を確かめた。

「外的な時間は、午後の一時半。タクシーで向かおうか」

「く、黒猫、講義は？」

「僕は今日の午後からバカンスだ」

言うが早いかさっさと動き出したので、慌ててあとを追いかける。ほかにも聞いてみたいことがあった。

さっきの講演のなかで黒猫が話した、飛行機のなかでの体験についてだ。あの話は本当なんだろうか？　特に気になったのは〈残してきた人〉という箇所。そんな人が実在するのだろうか？　それとも単なる仮定の話？

講義自体の魅力以上にそっちのほうが気になっているあたりは、まだまだ研究者というよりただの女子だなと自戒するも、それで知りたい気持ちが収まるわけではない。

結局、タクシーに乗り込んだところで尋ねてみた。

「黒猫は、日本に残してきた人がいるんですか？」

「いるよ。山ほどいる。恩師とか親とか友人とか、いろいろね」

「……そういうことじゃなくて、ですね」

「ん？　なに？」

「……誤魔化そうとしてませんか？」

「だから、何を？」

「もういいです」

ちっともよくはなかったが、マジメに答える気がないということだけはよくわかった。

黒猫は窓の外を見ながら言う。

「人生は魂の片割れを探す旅でもある。その片割れは人間かもしれないし、犬かもしれない。一冊の書物の可能性もあるだろう。その片割れは生まれながらにしてどこかに存在しているのかもしれない。そんなふうに考えたことはある？」

「私と黒猫のことですね？」

「君はまず脳みその片割れを探すべきだな」

ムッとしているマチルドを無視して、黒猫は続ける。

「ところで、君は昨夜のうちに調べたんだろう？　バリー・ジャルダンが何者か」

「ええ。バリー・ジャルダンは造園家としてイギリスじゅうを文字通り飛び回った人物です。彼はミズト・クニヅキの〈地球＝植物の惑星〉の理論に魅了され、それを生まれ育ったサマセットの地で見て学んできた庭園造りに反映させたことで、英国王立ガーデニング賞を受賞しています。世界各国から依頼は殺到していましたが、アフリカの地へ植物を採取しに行くと言い残したきり行方不明に」

「それが、ナターシャが言っていた三年前の失踪事件か。そう言えば、リディア・ウシェールが結婚したのも、ちょうどその時期じゃなかったかな？」

「ちょっと待ってくださいね……そうです、失踪の直後ですよ！」

「さて、と。もし庭に立っている男の正体がバリーだとしたら、なぜリディアは彼の正体を隠していたのか」

たしかに、血がつながらないとは言え、同じ家で育った兄妹なら、隠す必要はない。

マチルドはリディアの顔を思い浮かべる。

彼女の音楽は、不幸と幸福の狭間を行ったり来たりしているふうだった。『サイダー・サウンド』の頃とは大きく違う。

ウシェール邸での演奏を聴いて、ただ音楽性が歪められたわけではないことは実感できた。しかしその変化が劇的であることに変わりはない。

やはりきっかけは、天井庭園、か。

そして、両手を広げてその中央に立つ謎の男。

なぜ――そう、それが問題なのだ。

なぜ天井庭園なのか、なぜ男は両手を広げて庭園に佇むのか。

その謎が解ければ、リディアの音楽性が急に変化した理由もわかるはずなのだ。

「きっとバリー・ジャルダンの失踪の動機自体が、現在のウシェール邸を取り巻く謎の根幹にあるんじゃないかな」

「謎の核心が三年前にあるってことですか……」

「じつは、講演の前に僕は一度ウシェール邸の前に行ってみたんだ」

「え？　そ、そうだったんですか？　言ってくれれば一緒に……」

「君と行ったら目立つから黙ってたんだよ」

黒猫はマチルドの服装に一瞥をくれて言う。人を七色インコのように言わないでほしいものだ。

「それで、何かわかったんですか？」

「謎の構造はわかったよ。細かいところはリディアに聞かなければならないが」

黒猫はそう言って小意地が悪い笑みを浮かべた。

「でも僕がいまウシェール邸に向かっているのは謎の解決のためじゃないよ」

「じゃあ何のためですか？　私はてっきり……」

「もちろん謎は解くつもりだけど、今日の午前中の調査から、どうしてもしなきゃならないことがあるって気づいたんだよ」

「しなきゃならないこと……ですか」

「リディアのためにね」

黒猫はタクシードライバーに止まるように告げた。

「降りよう」

話に夢中になっているうちに、あっという間にウシェール邸に着いてしまった。

降りてすぐに腕時計を見ると、時刻は二時ちょうどだった。

黒猫は丸い窓から庭を覗いた。

マチルドもその横から割り込むようにして一緒に覗く。そうしていると黒猫と頬がくっつきそうなほど近い。

そんな雑念にとらわれている間に、黒猫のほうは庭の分析を始めていた。

「実際に目にすると、思っていた以上に色彩が鮮やかだね。それに四季の植栽がバランスよくちりばめられていて、季節ごとの彩りが楽しめるようになっている」

　それから黒猫は大地を指差して言う。地面の液晶画面に映し出された青空を一羽の鳩が飛んでいく。

「あの空は――どうしてもなきゃならないんだろうな、やっぱり」

　黒猫が独りごとのようにぶつぶつと言う。

　その意味を聞き返そうとして、マチルドは言葉を飲み込んだ。

　バルコニーに人影が現れたからだ。

　杖をつきながら、問題の男が降りてくる。

　黒猫とマチルドは黙って展開を見守った。バリーは二人に気づくことなく、杖を放り出すと、両手を広げ、ゆっくりと庭の中央へ向かって歩き始めた。

「背骨から腰骨にかけてあまりよくないようだね。もしかしたら、部分的に麻痺している」

　マチルドも一度は脳裏を掠めたことだ。そう考えれば、緩慢な速度で進む理由が納得できる。

「止まったね。上を見てごらん」

　黒猫は言った。

「あれがCotton roseだ。ほんのりとピンクがかった花が咲いているだろう?」

「え? あれ……一昨日はなかったですよ……」

なかった。断じてなかったはずだ。

あの花は一体——。

「あの花は、基本的には一日しか咲かないんだ。君が見た時はちょうどどれも開花前だったんだろう」

だから一昨日は見つからなかったのか。

だが、そんなことより問題がひとつ。

黒猫が薔薇だといって示した花が、少しも薔薇らしく見えないことだった。あれはどちらかと言えば——。

「またあなたなの?」

マチルドのすぐ脇に、人の気配がした。

リディア・ウシェール。

今日の彼女は清楚な黒のワンピースを纏っている。

マチルドの隣にいる黒猫に気づくと、少しだけ怪訝《けげん》な顔をした。野次馬が新たに珍妙な見物人を連れてきた、と思ったのかもしれない。

黒猫は庭を覗いたまま、言った。

「初めまして。リディア・ジャルダンさん。なかでお話ししたいことがあります。構いませんか？」

リディアは一瞬だが、顔を引きつらせた。

やがて――観念するように、目を閉じて、

「ついていらっしゃい」

と言った。

その声には、一昨日のような威厳は感じられなかった。

黒猫は優雅に微笑んでリディアのあとに続く。マチルドも慌ててそのあとを追った。

ウシェール邸の重厚な門扉が、マチルドの背後で大きな音を立てて閉まった。

バリー・ジャルダンはまだ両手を広げていた。

3

閑散とした室内で、黒猫と二人で中央にある円卓を囲んでいると、一昨日ここへ招かれたときよりも落ち着いて周囲に目を走らせることができた。

一昨日と同じように、室内の壁の一部に白い布がかけられている。

リディアはまだ現れない。たぶん、お茶の支度をしているのだ。

「この家は時が止まっているようだね。外的な時間ではなくて、内的な時間、純粋持続としての時間のことだが」

「え？　どういう意味ですか？」

黒猫は壁の白い布を指差す。

「白い布。あの下にあるのは、この家の時間に関わる何かだろう。処分はしたくないのかできないのか。でもとにかくそれが目につかないように蓋をしている」

「それが、時が止まっているってことになるんですか？」

「彼女に回顧的な思考はないようだが、同時に前方視的にもなれない。結果として思考を停止して自然の風を感じて生きているような印象を受ける。あくまで印象だが」

マチルドはその言葉で、何か胸の奥の形にならない疑問が解消された気がした。

「無理やり生活を押し進めようとするよりは健全だよ。何も失わずに生きるには人生は長すぎるし、失うものに頓着しなくなるにはあまりに短い。だったら、内的な時間にだけ耳を傾けて生きればいいじゃないか」

「黒猫がよく講義をサボタージュする理由がわかりました！」

「嫌味か？」

「いいえ、発見です」

フッと黒猫は笑った。このシニカルな笑い！　と内心で興奮を禁じえぬマチルドを尻目に、黒猫は布のかけられた壁の前に立ち、それを剝ぎ取った。

　そこには――。

「時計……」

「たぶん家族の亡くなった時間で止まっているんだろう」

　それから、黒猫はゆっくりと歩きながらこう言った。

「僕の好きなミステリに、家族に起こった悲劇の時刻で時計を止めている家の話があった。時計の停止はすでに館が死んでいることを意味している。死んでいる館と残された人々による悲しい事件の顚末。さてそこに横たわるものは何か」

「な、何ですか？」

「〈美的時間〉だ。外的な死と内的な死は、つねにズレがあるものだ。むしろ、外的な死を意識してはじめて生の時間と出会うことになるんじゃないかな」

　マチルドは自分の父の死について考えていた。彼の死を受け入れるまでに何年かかっただろう。父が同じ空間にいないことになかなか慣れなかった。すぐにドアが開いて「ただいま、私の妖精」といつものように現れるような気がして、何度もドアを振り返る癖が長いこと抜けなかったのだ。身体が完全に父を死んだものと認識するまでには、結局五年かかった。

「リディア・ウシェールは夫の死に囚われているのでしょうか？」

そう黒猫に尋ねたとき、扉が音もなく開いた。

リディアが、珈琲カップを三つトレイにのせて現れた。

「その質問には私が答えたほうがいいのかしら？」

聞いていたらしい。

「ごめんなさい……気づかなくて……」

「いいのよ。その時計、布をかけてくださる？」

失礼、と言って黒猫はすぐに布をかけた。

「あなたたちの目的は何？　単なる好奇心？」

「好奇心が半分。それと、あなたの憂鬱を取り除くためです」

黒猫のその不遜な発言に対して、リディアが怒り出すのではないかと思って、マチルドは肝を冷やした。

だが、予想と違って、リディアは笑った。

「面白いことを言うのね。私の憂鬱をあなたがわかったと言うの？　どうして？」

「その答えには、僕たちが昨日サマセットへ行ってきたことをお伝えすれば足りるのではないかと思いますが？」

「……」

「ひとつの風景が、同時に二人の天才を育《はぐく》んだ。一人は現代音楽を代表するリディア・ウシェール。そして、もう一人は三年前に謎の失踪を遂げたバリー・ジャルダン。二人は同じ日に生まれ、同じ家で育った」

「そこまでお調べになっているのなら、答えは出ているのでは？　そうよ、あなたたちがさっき見た庭の男の正体はバリー・ジャルダン。私たちは血のつながらない兄妹なのよ」

そうして、リディアは昔話でも始めるように、二人の運命を語り出した。


今から遡ること三十年前。ジャルダン夫人が出産のために入院した病棟で、時を同じくして生まれたリディアとバリー。二人が同じ屋根の下で暮らす運命になったとき、さまざまな歪みがジャルダン家に生じ始めた。

養父はふだんは静かな男だったが、酒が入ると一変して明るい人間になった。そんなとき、彼は自分の息子以上にリディアを可愛がり、そうかと思うと、ときに何かを極端に恐れるように激しい体罰を加えた。

小学校に上がるより前からリディアに恋心を抱いていたバリーは、その様子をじっと耐えながら見つめていたのだ。

「もう知っているのかもしれないけれど、私の養父は少しおかしかったのよ。もとはパリの元貴族のお屋敷にも出入りしていた庭師だったのに、中国人との間での金銭トラブルが原因でパリを追われてイギリスに移り住んできたの。とても心の弱い人だったわ。酔うとパリのサン＝ドニがいかにひどい街かって私たちに語っていた。彼は私が大人になるにつれて、私を女として意識するようになっていったわ。よく言っていたの。『パリにいた頃に俺をだました女によく似てる』って」

養父は彼女に関係を強要するようになった。一度目はそれとなくかわしたが、二度目はさらに執拗だった。バリーはその様子を冷静に見つめていた。

十七歳になったある夜、バリーが言った。

——リディア、君のことが好きだよ。

——……知ってるわ。でもあなたがそれを口にするとは思わなかった。あなたは一生何も言わないものと思っていたけど。

——言わないようにしようと思ってたんだ。なんで言っちゃったんだろう。

バリーは気まずそうに笑った。

そんなバリーの唇にリディアは自分の唇を重ねた。

——言ってくれてありがとう。でもこの家にいる限り、あなたと恋人になることはできないわ。

——わかってる。僕が何とかする。

それから一カ月の間に三度ほど、養父は深酒をした夜に、リディアのベッドに潜り込んできた。最初のうちは尻の辺りを撫でる程度で満足していたのが、徐々にそれだけでは済まなくなってきた。

三度目、彼女はついに隠し持っていた果物ナイフで養父の足を刺し、追い払った。だが、その際に養父が悲鳴を上げたために騒動になった。

起きて駆けつけた養母のアマンダは、その状態を見てリディアを責めた。

——あんたをこの歳まで育て上げたお父さんになんてことするんだい！

「養母は、養父を疑わない人だったの。でもいまになればわかるけど、あれは疑っていなかったんじゃなくて、疑うのが怖かったのね、きっと」

人にはそれぞれのキャパシティがある。アマンダの許容できる世界はきわめて狭かったのだ。

もう限界だと思ったある夜、バリーが「用意ができた」と枕元で囁いた。

——何の準備？

——もちろん、逃亡のさ。切符をとっておいた。今夜の夜行でパリへ行くんだ。昔、一年だけですぐ転校していったクラスメイトのパルミーラを覚えてる？

——ええ。彼女がどうかした？

——彼女はいまパリにいる。昨日のうちに速達で手紙を送っておいたから彼女を頼っていくんだ。住所はここに書いてある。

——それじゃああなたは？　あなたはこの家に残るの？

——いけ好かない家だけど、僕の家だ。ここに残る。しばらくは夢のなかで会おう。約束するよ、いつか必ず君に会いに行く。

リディアに迷っている余裕はなかった。彼女にとってジャルダン家はもはや地獄だったのだ。逃げ出す以外に道はない。そして、その道をバリーが用意してくれた。彼女はバリーの指示に従った。

その日は養父が町の寄り合いに参加するため、帰宅が遅くなる日だったのだ。そのことをバリーは調べ、切符を買っておいた。彼女はバリーから教えられたとおり、絶対に養父が通らない経路を辿ってタクシーを拾い、ロンドンからパリ行きの列車に乗った。

夜行列車から眺める夜空は印象的だった。サマセットの黒い憂鬱が遠ざかり、まだ見ぬパリの夜明けを思うと長年の疲労が微かに癒えていく気がした。その一方で、バリーを置いてきたことへの不安だけがしこりのように残った。

結局一睡もせずに彼女はパリに着くと、その足でパルミーラの家に向かい、一カ月だけ居候させてくれるように頼んだ。

事情は通じており、二人暮らしをしていたパルミーラと母親は同情して心強い味方になってくれた。

——本当にいつの世も男なんてろくでもないね。

リディアは一年間その家にいることを許された。十九歳になると一人暮らしを始め、その後、二つの作曲コンクールで立て続けに賞をとって注目を集めた。リディアは自分の活躍が新聞に大きく載ることを恐れた。養父が自分を追ってくるのではないかという恐怖があったのだ。

しかし――。

養父は追ってこなかった。やっと自分のことをあきらめてくれたのだろうか。だとしたら、バリーと堂々と会えるようになるかもしれない。リディアはひたすらバリーからの連絡を心待ちにしていたが、肝心のバリーからの連絡は長いこと途絶えたままだった。リディアからは手紙を出さないことになっていた。バリー以外の家族が受け取る可能性もあるからだ。

黒猫は出された珈琲を黙って飲む。

室内を満たすこの異様な緊張感はなんだろう。

「だけど、去年、私たちは偶然の再会を果たし、こうして再び共に暮らすことになったの。おかげであなた方にあれこれ穿鑿されることになってしまったけれど」

リディアは皮肉な笑みを浮かべた。

「なるほど。経緯はだいたいわかりました。ただ、ご理解いただきたいのですが、我々はべつに犯人当てごっこをしようってわけじゃありません」

黒猫はリディアをまっすぐに見つめて言う。

「問題は、庭園の計画者であるバリー・ジャルダンが、毎日同じ時間に繰り返し手を広げ続けるのはなぜか。そして彼はなぜこんな庭園を計画したのか、ということです」

「さあ、なぜかしら？」

リディアの視線が庭園に向く。

マチルドたちのいる部屋の斜め向かいのバルコニーにバリーが戻っていくのが見えた。すでに手は下ろしている。

だが、手には杖がない。地面に転がったままだ。

ちょっと待っててね、と言ってリディアが一度部屋から出て行く。その後ろ姿を見ながら、黒猫は言った。

「午後の二時というのは、彼が散歩を許されている時間だ」

散歩を？

マチルドは黒猫の顔を見る。

その顔は確信に満ち満ちている。

「……なぜそう思うんですか？」

「いま、なぜリディアは席を立ったのか？」

「それは――」

「あそこのバルコニーを見ていてごらん」

マチルドは、言われたとおりにバルコニーを見つめている。バリーはまだバルコニー前で止まったままだ。なぜ動き出さない？

「石段があるだろう？　あれを自分で上がれないんだ、彼は。やはり腰を一度折っているんだろうな。降りるときは杖があるから何とかなる。でも帰りは杖を捨てているから戻れない」

バルコニーの窓が開き、そこからリディアが降りてきてバリーに手を貸す。男は肩を預けるでもなく、リディアに手助けをされながらぎくしゃくと石段を上がる。

「医師に言われたのかもしれない。日に一度、陽光の出ている時間にリハビリをさせるようにってね」

「ただの――リハビリだったたってことですか？　それじゃあ両手を広げるのも？」

「腕を広げるのは腰のリハビリとは無関係だろう。別の理由があるんだ。だが、ともかく午後の二時にこだわる必然性はこれで消えた」

黒猫は立ち上がると、行こう、と言った。

「ど、どこへ？」

「庭園だ」

黒猫は庭園に通じた扉から外に出た。

まだバルコニーにリディアもバリーもいる。

「何をしにきたの？　戻りなさい」

「いま話してしまったほうがあなたのためです」

黒猫はそうして庭の中央付近に立った。

「答え合わせはたくさんよ」

「意味のわからない行為のループから抜け出したかったら、僕の話を聞いたほうがいい」

リディアは激しく非難するような目で黒猫を見た。

「天井庭園の意味は、リディア、あなたにもおわかりでしょう。天と地がさかさまになった庭園では、足元に空がある」

「当然のことだわ。そんなことを今さら確認してどうしようと……」

「それがわかっていながら、なぜ彼が両手を広げる理由を理解しようとしないんです？」

「理由ですって？」

「両手を広げているのは、そこが空の上だからです。彼は空を飛んでいる」

黒猫はそう言って両手を広げた。

空の真ん中で両手を広げている黒猫。その地面には、まばゆい陽光がきらめく九月の青空があるばかりだ。

「バリー・ジャルダンは、ミズト・クニヅキの植物思想に影響を受け、プラント・ハンティングも自分で行なうため、単独飛行用の自家用機を所有していた。そして最後のフライトのさなかに行方を絶った。これもまたミズト・クニヅキと同じです。なにが言いたいかわかりますか？」

リディアはバリーの肩を支える手に力を込める。

バリーは——何も聴こえていないように、ただ窓に映った自分をぼんやりと見つめて立っていた。

「つまり、バリー・ジャルダンが三年前に自家用機で行方を絶ったのは、自分の尊敬するミズト・クニヅキの失踪と自らを重ね合わせるためだったのです」

「どうしてそう思うの？」

「二つの失踪は時代は違えど、同じく植物に携わる仕事につく人間の、自家用機による失踪事件という類似性があります」

「なぜ……なぜバリーはそんなことを？」

リディアが震える声で尋ねた。

「恐らく、ミズト・クニヅキの伝説に因《ちな》んだものと思われます」

「伝説？　黒猫、それはいったい——」

マチルドは夢中になって背後から尋ねた。

「日本では有名な話なんだが、ミズト・クニヅキが行方不明になった後、親族の了解があって彼の日記が公開された。そこに恋人への想いが記述されている。ところが、親友の誰もそんな恋人など知らない。日記にはこんな記述もあった。遠い星からやってきた彼女と、できれば残りの人生を二人きりで過ごしたい、と。行方不明になる前日の日記には、彼女と駆け落ちする決意を匂わす箇所もあった」

不思議な話だ。たとえ、その〈遠い星〉というのが何かの比喩であったとしても、じゅうぶんにポエティックだ。

「彼はそのまま飛行機に乗って行方を絶った。それから人々はまことしやかに語るようになった。ミズト・クニヅキは恋人と駆け落ちをするためにどこか遠い星に旅立ったってね」

どんなに科学の発達した時代でも、不思議な話というのは植物が自生するように根を生やしていく。

「わかっていたのでしょう？　バリーの失踪がその伝説になぞらえた、あなたとの駆け落ちだったってことは」

黒猫は彼女を見つめていた。

リディアの、冷たい仮面が——剝がれ落ちた。

泣き叫び、その場にくずおれる彼女。

バリーは、それでもなお、何もせずにただ立ち尽くしていた。

4

眠りました、と言ってリディアは力なく円卓のあいている席に腰かけた。

バリーを部屋に連れ帰り、寝かせてきたのだ。時刻は夕方の四時を回った。だが、現在のバリーは体力が低下しているため、一日に二度の睡眠を必要としているということだった。

「あまりご自身を責めないことです。あくまで彼の個人的な決断に過ぎないのですから」

黒猫の前では、リディアが椅子のうえで三角座りをしていた。

ワンピースから白い脚が覗き、白と黒のコントラストを奏でる。

「私はこれからどうすれば……」

「バリー・ジャルダンの意識は、今なお最後のフライトのままなのです。だから両手を広げ、飛行機のようにあの庭に立ち尽くしている。亡霊のような状態です。彼は飛んでいるが、自分が飛んでいる理由をわかっているわけではない。なぜなら──彼は記憶喪失だから、ですよね？」

「……なぜそれを？」

「あなたが自分でこの女学生に出したなぞなぞですよ。庭に立つ謎の男と庭の作り手は同じだが、同じではない。

人が同じであって違うとはどういうことか。肉体は同じだが別人だと考えるとわかりやすい。考え方は二通りありました。同時並行して二種類の人格が存在している場合と、現在と過去とでべつの人格が存在している場合。植栽計画図は、当然のことながら天井庭園よりも前に存在している。ならば、天井庭園の計画者と謎の男は同じ人物の過去と現在で分けて考えるのが自然だと考えたのです」

「仰るとおりよ。彼には記憶がないわ」

黒猫は頷き、立ち上がって庭の見える窓辺に立った。

「まさかこういう形で実現しようとは、バリーは考えていなかったでしょうね。わからないのは、あなたがどこで彼を見つけたのかということです」

「——そこからゆっくりお話しするしかなさそうね」

観念したようにそう言って、リディアは深く息を吸い込んだ。

「バリーと再会したのは二十七のときよ」

今から三年前、バリー・ジャルダンは、仕事でパリへやってきた。到着してすぐに、彼はリディアを訪ね、十年間隠していた事実を語った。

「彼は私が出て行ったあとに養父との間に起こった出来事を語ってくれたわ。そのために彼がどんなに辛い目に遭ったかも」

養父をナイフで刺して寝たきりの身体にしたこと。正当防衛が認められた後に待ち構えた社会的制裁。結局、見かねたアマンダが家から出してくれたこと。

「よく彼女がバリーを手放したと思うわ。母親って不思議なものね。自分が悲しい思いをするとわかっていても、子どものことを考えて行動してしまうのね。私は人の親になったことがないからわからないけど」

バリーは英国王立ガーデニング賞を受賞し、各地を転々としている、と語った。

――おめでとう。なぜ、手紙を一通もくれなかったの？

――造園家として成功して君にふさわしい男になるまでは連絡したくなかったんだ。必死でやっているうちに十年も経ってしまった。

――ねえ、あの人がいなくなったのなら、私はあの家に帰ってもよかったのよ？

――できなかったんだ。酔っ払ったオヤジが大声で君の名前を呼んで探し回ってたのを、町の人は覚えてる。きっと変に勘繰る奴が出ていただろう。

納得するしかなかった。しかし、リディアにとってその年月は長すぎたのだ。バリーはリディアの手をとって、ようやく大手を振って君と付き合える、と言った。それに対して、リディアは首を横に振ることしかできなかった。

――できないわ、バリー。私には婚約者がいるのよ。来月には結婚するわ。

「その瞬間のバリーの顔が今でも忘れられない」あんなに傷ついた彼の姿は見たくなかった」

だが、連絡のない相手を待つ年月として、十年は長すぎたのだ。十七年という長い時間を共有してきたことが、バリーの自信となっていたのかもしれない。自分が成功をつかむまでは連絡をとらない。過酷な十年だったのだろう。しかし、ただ待つ身にとっても同様につらく長い日々だったのだ。

四年前、コンサート終演後に楽屋に現れた男がいた。彼はリディアの音楽に癒されたと言って彼女を食事に誘った。穏やかで好ましい青年。引きこもりがちだったリディアの心に、彼は静かに入り込み、一年で婚約にこぎつけた。

彼女の婚約を知ったバリーは、弱々しい笑みを浮かべておめでとうと言った。

――でも忘れないで。君は僕の薔薇だよ、永遠に。

バリーが行方不明になったニュースが飛び込んできたのは、結婚式の直前だった。

「もう死んだものと諦めていたの。それから一年半、私はウシェール家の女として過ごしたわ。あまり家風に馴染めずにいたのに、そんな私を夫は受け入れてくれた。バリーを傷つけた苦しみは消えなかったけれど、夫の優しさに支えられていたの。一年半前、あんな不幸さえなければ、再び私たちがめぐり会うことはなかったはずだわ。本当に運命って皮肉ね」

その「皮肉」は——砂漠のうえで起こった。

5

夫が亡くなり、生きる支えを失ったリディアには、日常が耐え難い苦痛なものとなった。朝食を食べることにさえ、理由が必要だった。さまざまなことがどうでもよく思えた。生きる気力をなくした彼女は、人生をリセットする旅に出る決断をした。

選んだのは、アフリカの内地。

サハラ砂漠で「砂漠の薔薇」を探すツアー旅行だった。特異な自然現象によって生じる薔薇の形状をした結晶石。土産物屋で売っているのは見たことがあったが、実際に砂漠のなかにあるところを見てみたかったのだ。

たどり着いたサハラ砂漠で、彼女は現地の商人たちに同行し、採掘場へ案内された。そこには人の腰の高さくらいまである巨大な「砂漠の薔薇」が大量にあった。

そのとき——テントにじっと座っている男が視界に入る。

バリー・ジャルダンだった。

しかし、話しかけても何の反応もない。戸惑っている彼女に、現地の男が声をかけた。

——君はこの男の知り合いなのか？　彼は二年前にこの土地に突然現れた。飛行機のガス欠で着陸に失敗したようだ。彼は下半身の自由が奪われたうえに記憶がなく、言語障害も併発していた。だが、助けないわけにはいかない。

ただし我々は経済的に貧窮していた。だから彼の乗っていた飛行機を分解して売った。するとこれが思いのほか高い値で売れてね、その金で効率よく作業のできる機材を購入して稼ぎも増えた。我々は彼を〈空から来た恵み〉と呼び、いまも見守っている。

——パスポートなどから身元がわかったのではないですか？

少し責める気持ちで、リディアは尋ねた。

すると、男は後ろめたそうな表情を浮かべて言った。

——連絡はできなかったよ。飛行機を売ってしまったことはどう説明する？　彼の命を助けるためだったって言っても、信じないだろう？

たしかに、面と向かって話されたリディアでさえ、男の言葉をどこまで信じていいのかわからなかった。

リディアは現地の男に掛け合い、その日のうちにバリーを連れ帰る手配をした。彼らにしたところで、すでにバリーが〈空から来た恵み〉である期間は過ぎていたのだ。リディアが少額ながらお金を渡すと喜んでバリーの荷支度をしてくれた。

バリーはリディアを認識してはいなかった。

ただ、ぼんやりと砂漠の曲線に目を走らせていた。だが、それでもじゅうぶんだった。再び彼のとなりで世界を眺められる瞬間がくるとは思っていなかったのだから。

「こんなのは間違っているのかもしれないけれど、私は結婚してからもバリーを愛し続けていたのよ。それまでの十年間がそうだったように。でも、だからといって夫のことを愛していないわけではなかったわ。この二つは、何というか、次元が違ったの」

わかります、と黒猫は静かに言った。

「現地の男が私に渡してくれたものの一つが、バリーを助けた際に彼の胸ポケットにしまわれていたという植栽計画図だったの。それが何なのかわからなかったけれど、計画に沿って植栽が完成すれば、何かバリーの脳に刺激がいくんじゃないかという期待もあったわ」

だが結果は、彼が毎日両手を広げ立ち尽くすというループだった。

「まるで砂漠だわ。一歩進んだかと思うと、次の瞬間にはべつの蟻地獄にいる。出口が見えないのよ」

記憶のないバリーとの生活のなかで、リディアは自分を見失いつつあった。かつてリディアとバリーのあいだにあった狂おしいような静寂も、今はない。

「僕はさっき、彼自身が飛行機になっているのだと話しましたね。彼の意識がまだフライトの最中だと」

「ええ」

「彼はなぜずっとフライトを続けていると思いますか？　どんなループもきっかけがあれば抜け出すことはできるはずです。記憶は戻らなくても、彼のなかの何かが反応する」

「何が仰りたいの？」

黒猫は不敵に微笑んで言った。

「夜に庭を散歩させてあげてください」

彼はそう言ってマチルドの腕を摑んで、腕時計で時間を確認した。「あと五時間ほどしたら、バルコニーの鍵を開けてください」

黒猫はそれだけ言うと、立ち上がった。

「夜でないと意味がないのです。それも今の時期でなければ」

「どういう意味かしら？」

そのうちわかります、と黒猫は言った。

「それでは、我々はこれにてお暇《いとま》いたします。長らくお邪魔いたしました」

黒猫はマチルドの腕をぐいと引っ張って立たせ、玄関へ向かった。

ウシェール邸の門扉を閉じ、ジュノ通りに立ったところで、「腹が減らないか」と黒猫は言った。返事をするより先にお腹がぐうと鳴って反応する。

マチルドと黒猫は通り沿いにあるトルコ料理のファストフード・ショップに立ち寄り、ケバブを購入して路上で食べることにした。思っていたよりも歯ごたえのあるラム肉が使われていて、食べにくいことこのうえなかったが、それでも味は上々だった。

マチルドが、んぐあんぐと呼吸する間もない速度で食べているのに比べ、彼のほうは少しずつゆっくり噛んでは炭酸水で流し込んでいた。ペーパーで口元を丁寧に拭うと、黒猫は切り出した。

「彼女も苦労したんだろうな」

「え？」

「リディアさ。恐らく彼女は中国系だろう」

東洋の血が入っているとは思っていたが、顔のつくりでそこまで限定できるものなのだろうか？

「どうして、わかるんですか？」

「昔彼女の養父が庭師の仕事を追われたきっかけになったのは何だった？」

「中国人との間で起こった金銭トラブルでしたね」

「そして父親はリディアに、かつて好きになった女の面影を見ていた。たぶん中国系の美《つつ》人局《もたせ》の被害にでも遭ったんだろう」

ヨーロッパの男性の目には東洋の女性が若々しい存在に見えるようだから、そういうことがあったのも納得できた。

隣人のナターシャが、友人を名乗った黒猫に疑いを抱かなかったのも、同じ東洋人だったせいもあるのだろう。

「パリの由緒正しい家に東洋系のリディアが嫁げば、その結婚が親族から激しい非難を浴びるものだったのは想像に難くないよ」

「そうか、だから『夫は受け入れてくれた』っていう言い方だったんですね」

「マスコミが彼女に対して辛辣《しんらつ》なのも、よそ者意識があるからかもしれないね。そして、そんな彼女をバリーは『君は僕の薔薇だ』と言った。さて、一体どんな薔薇なのか」

「もしかして、それがCotton roseですか？」

「そう。その花は日本ではフヨウと呼ばれている」

「フヨウ？」

「フヨウというのは中国で美人を意味している。なかでもスイフヨウは楊貴妃にも擬せられるほどの繊細な美をもった花として愛されている」

「スイフヨウ……フヨウと何か違うんですか？」

まあ見ていればわかるさ、と黒猫は言った。どういうことだろう、とマチルドは訝りながらも黙っていた。

「バリーにとってリディアのいない十年間はつらく長いものだっただろう。そんなとき、彼はせめて夢で会いたいとは思わなかっただろうか」

「夢で……会う」

「男女の間でなくとも、たとえば最愛の家族に対して、または友に対して、そう願うことはそれほど特殊なことでもないだろう」

深い恋愛をした経験はないが、父や母と夢のなかで出会うことはよくある。目覚めたときが悲しいから、あまり好きではない。だが、夢で会えなくなるのもまた悲しい。

「十年間、彼は彼女と夢で出会えることを支えとして生きていた」

――しばらくは夢のなかで会おう。

バリーはたしかそう言ったのだ。

「あの植栽計画図は誰のために書かれたものだと思う？」

「誰のため……リディアのためではないんですか？」

「天井庭園は誰かに遺すためのものではなくて、自分自身のためのものだった。彼の心そのものなんだよ」

「心そのもの……」

「バリーの心象風景を的確に計画図に起こせば、天地が逆になって当然なんだよ」

黒猫はそこで言葉を切った。

どういうこと？　逆になって当然？

「空を飛び回っていた彼にとっては、リディアのいる地上のほうが遠くて尊い存在だったんだ」

マチルドは、口に入れかけたケバブを思わず落としてしまった。

「崇高なものは上方に描かれる。だから上下は自然と逆になるんだよ。覚えてないか？　ジャルダン邸の壁にかかった絵を」

根の部分が裸になった巨大な樹の絵。

「あれは、たぶんどこかの国でバオバブを見たときにスケッチしたものだろう。飛行機で上空から眺めたときの風景を描いたんだ」

バオバブの樹は、枯れた状態だとまるで樹の根っこのように見える。だから、樹の幹が上にいくほど太かったのだ。根の部分のほうが細くて頭でっかちだからおかしいと思っていたが、そういうわけだったのだ。

「バリーは自分の心を庭園の図式で把握していた。言い換えると、心が庭だったんだ。だから、純粋に自分の心をスケッチすると天井庭園になる。当然の帰結だ」

「何を根拠にそんなことを……」

「だってバリーは言ったじゃないか。『君は僕の薔薇だよ、永遠に』って。心象風景が植栽に置き換わっていたことを示しているじゃないか。僕が駆け落ちだと言ったのはそういうわけさ。彼は植栽計画図のなかに薔薇を所有していたんだ。正真正銘、リディアはバリーの薔薇なんだ。彼の言葉に嘘がないことは、これからわかる」

黒猫はそう言って肉をそっと拾い上げると、紙にくるんで、ゴミ箱に捨てた。

「バリーがなぜ同じ行動を続けるのか。彼は奇跡を待ってるんだ。飛行機は地上に降りていくことができないから。つまり――」

「地上に……降りることを望んでいる？」

「いや、彼は降りられないよ。それに、望むのと待つのとでは全然意味合いが違う。彼は世の中の大半の人間と変わりなく、一粒の小さな奇跡を待っていたにすぎない。ただ上下が逆だというだけさ」

黒猫はそれだけ言うと、無言で歩き始めた。

「ど、どこへ行くんですか？」

「カフェを探す。残った仕事をやっつけないといけないんでね」

それから二人は近くのカフェを見つけて入った。黒猫はひたすらノートパソコンで作業に没頭し、マチルドはその横でうたた寝をした。

どのくらい経っただろう。いつの間にか深く眠ってしまっていたマチルドは黒猫の声で目を覚ました。

「そろそろ時間になるね」

黒猫は立ち上がってカフェを出ると、ウシェール邸に向かって歩き出した。マチルドは腕時計を見た。時刻は十時に近づこうとしていた。

ウシェール邸の前につくと、黒猫は丸い窓にそっと近寄った。となりで同じく窓に顔を寄せる。

そこに、バリーの姿があった。

いつものように両手を広げ、庭園の中央へと向かうバリーの姿が。

バルコニーには、その様子を見守るリディアの姿があった。

庭園の真ん中に立つ。

かつての心象風景。自分の心の真ん中に立っている。

そこは空の上だ。

庭園の真ん中には、赤い花があった。

――でも忘れないで。君は僕の薔薇だよ、永遠に。

薔薇が、そこにあった。

「スイフヨウは、朝は白く、昼から夜にかけてしだいに赤く色づく」

そのときだった。

ぽとり。

花が、まっすぐに舞い降りた。

あるいは、舞い上がった。

バリーの心のなかの「リディア」が、空を飛ぶバリーの頬に、キスをした。

「一日花だから、夜のうちにしぼんでしまう。今日の朝、僕はこの庭の中央に白い花を見つけ、植栽計画図にあるCotton roseだと見当をつけて急いで調べたんだ」

落花の瞬間。

それは同時に、魂の触れ合う瞬間でもあったのだ。

その証拠に――。

リディアの目にも、バリーの目にも、涙が溜まっている。

「バリーの記憶が戻ったわけじゃない。ただ記憶でもどこでもない部分が反応しているんだ」

「どこでもない――部分……」

「二人の時間が呼応しているのさ」

天上へと花を舞い上がらせる、現実とはさかしまな輝き。

「マチルド、君の課題も解決だ」

「え？」

「リディアの実験音楽への突然の転向は去年から。つまり、記憶喪失になったバリーとの時間のズレをリディアが明確に感じ始めてからなんだ」

それは自分が結婚に踏み切ったせいで失われた恋。だが、実際には恋は終わっていなかったのだ。リディアの恋は。

「リディアは結婚後も心の中で忘れなかったんだろう。バリーの一言を」

——でも忘れないで。君は僕の薔薇だよ、永遠に。

黒猫は続けた。

「バリー自身が忘れてしまったら意味を成さない言葉だ。だから、彼の記憶喪失を知ったとき、リディアの精神の均衡が崩れたんだ」

同じフレーズを繰り返していた右手と左手を徐々にずらして、構成の糸を解く彼女の演奏。

あれは、バリーが記憶を失ったことでずれ始めた二人の意識を表現していたのか。

「君の読みどおり、天井庭園と彼女の実験音楽への転向は無関係じゃなかったのさ。そして——二人はいま、やっとひとつになることができた」

そう言って黒猫は覗き窓から離れた。

リディアはこの先、どんな音色を奏でるのだろう。

——パパ、楽しみだね。

マチルドは、これからも自分はリディア・ウシェールの音楽を聴き続けようと思った。彼女の音楽ほど、父と自分の時間を的確に感じさせてくれる音楽はないのだから。

「行こう、いつまでも覗いてるのは趣味がよくない」

歩き出す黒猫の背中と覗き窓を、マチルドはしばらく交互に見ていた。

リディアが、バリーに近づいていく。そのあとの様子を見届けたい気持ちにどうにか切りをつけ、マチルドは黒猫を追いかけた。

その前方に、大きな、大きすぎる月が見えた。

うっすらと赤みが差しているようにも見える月。その手前を、外灯に照らされながら、ほっそりとした脚をした黒服の男が歩いている。どこかしら人を寄せ付けないオーラを発した後ろ姿は、マチルドにとってまだ解けない暗号だ。

もっとこの男を知りたい。

マチルドは彼の背中を追いかける。

タクシーが止まる。

乗り込む黒猫に、慌ててマチルドも続いた。

タクシーは二人を乗せて、闇夜を走り出した。

ふと、となりを見ると、黒猫は寝息を立てていた。

今宵、リディアとバリーはどんな夢を見るのだろう？
マチルドは想像する。
リディアとバリーの夢のなかで、
それぞれに舞い上がる時間たちのことを。

第五章　黒猫の薔薇あるいは時間飛行

1

「なるほど」

話を聞き終えたあと、黒猫は言った。

二人がいるのは、無機質な空間。

白い壁、黒いテーブル、そして赤い薔薇、緑のボトル。

二人は中央のテーブルを斜めに挟んでいる。

黒猫はマチルドを見つめたまま口を開く。

「君の解釈はとても面白いね。それで、論文はまとめられたの？」

「うん。どうにか。さっきやっと終わった」

「それはめでたい。ここにお酒がないのはとても残念だ」

「そうね」

「『そうね』」

真似をして笑う。それから、言う。

「今、うわの空だった？」

「どうして？」

「君はうわの空のときだけ女らしい返事をする。昔から」

「ああ。だってこんな形態で会話するのに慣れてる人なんかいないよ」

「ごもっとも」

黒猫は二度頷く。

こちらは、素早く指を動かして次なる吹き出しを表示する。

「これ、打ち込むの時間かかるね」

「そうだね。トーク機能あるの知ってる？」

「え、あるの？」と打ち込んだ。

「うん、右隅」と黒猫のアバターの口から吹き出しが出る。

画面右隅に横顔のマークがある。クリックしようとすると、

「ただしマチルドの動きと少し似合わなくなるけど」と黒猫。

「……っていうかずっと思ってたけど、このマチルドって何なの？」

画面の真ん中には金髪のキュートなアバターがスカートをふりふりさせて回転している。

回転させているのはもちろんこちらがそういう操作をしているためである。

さっきはうまくいかず黒猫のアバターと重なってしまった。

「ラテスト教授の孫娘。かなり筋金入りの無鉄砲」

「ふうん」

実在する人物なのか。

「何、その『ふうん』って」

「べつに」

自分の気持ちにセーブをかけ、トークボタンを押した。

「やあ、久しぶり」

その声を聞いた瞬間、なぜか涙が出そうになった。

黒猫の声が、心地よくスピーカーから響いてくる。

黒猫のアバターは、フラメンコのような踊りをしている。どういう操作をするとそういう動きになるのかわからないけれど。

「『久しぶり』じゃないでしょう？　言いたいことならいっぱいあります」

「そんなに怒らないで。とりあえず、今回の面倒な依頼、引き受けてくれてありがとう」

「フランス語、あんまり得意じゃないから大変だったんだよ」

「だろうと思う。でもほかに頼める人がいなかったんだ」

そう言われては、悪い気がしないではないか。

だが、そんなことで許すものか。

「まあ、ラテスト教授のお手伝いをさせてもらえるなんて、光栄だったけど、本当に私でよかったのかな」

「教授は喜んでいたよ。日本語の微妙なニュアンスについても教えてもらえたって」

ことの始まりは一週間前のことである。突然黒猫から無愛想な手紙が届いた。「君に頼みたい仕事がある」とあり、案件だけが淡々と記されていた。それによれば、まず記載の大学ホームページにアクセスし、トップ画面左下の〈プルースト〉のタグをクリックして下記ＩＤ・パスワードを入力してログインしてほしい、とあった。その先のことは入ってから説明するから指定した日時にログインするように云々。

わけのわからぬまま指定された日時にログインすると「ようこそ〈プルースト〉へ、マチルドさん」とフランス語で表示が出て、殺風景な部屋に金髪の女の子の絵が立っている画面になった。この女の子がマチルドなのだな、と何となく理解した。

「そこで待ってたら、変な白髪のおじいさんがきて……」

「ラテスト教授のアバターだ」

彼は〈マチルド〉のこちらにフランス語でメッセージを飛ばしてきた。

——私は今、『MANYOSHU』の訳詩集を来年出版するために悪戦苦闘している。そこで君にお願いがある。

アルファベットで見る『マニョシュ』が『万葉集』だと理解するまで時間がかかった。

少し遅れて答えた。

――どんなことでしょうか？

ラテストの望みはシンプルだった。いくつかの読みが難しい和歌についてアバター上でローマ字で発音を記して教えてほしいというのが一点、もう一点は、〈道の辺《べ》の荊《うまら》の末《うれ》に這《は》ほ豆のからまる君を離《はか》れか行かむ〉という歌に登場する花の写真を撮って送ってほしいということだった。訳詩集に掲載する可能性もあるから、できるだけいい写真だと助かる、と。ラテスト教授はデータの受け取りの場所としてアバター上の自分の部屋を指定した。

その時はわかりましたと答えたのだが、考えてみれば行き方がわからない。マチルドの部屋でどうしたらいいか判断できずに佇んでいたら、黒猫が現れ、彼の部屋に連れていかれたのだ。

「私、ラテスト教授に会ったことないんだから、せめて最初は黒猫が立ち会ってくれればよかったのに」

「僕は客員教授で、アバターを作成するのには申請から一週間かかることがわかってね。今日やっとログインできたんだ。ラテスト教授はアバターを少し使ってみてやっぱり自分に不向きだからって仰っていたから、僕がここへ代わりに来たわけだ。それにしてもずいぶん高めの解像度で撮ったね。データ重たいよ、これ」

「だ、だって訳詩集に掲載するって言うから」

ゲニウス植物園で撮ったなかでも、いちばんいい出来のものを選んだつもりだ。

「映りはとてもいいよ」

「ところで、このマチルドさんのアバターって私が使って大丈夫なの？」

「本人にはラテスト教授経由で了解をとっておいたから、今週いっぱいは大丈夫。今日ログアウトしたらＩＤとパスワードは捨てておいて」

「まったく。私だって暇じゃないんだからね……」

どうにか任務を遂行できたからよかったものの、失敗していたらどうなっていたことやら。

「さて、話を戻そうか」

黒猫は仕切りなおすように言った。

「君は綿谷埜枝の短篇『星から花』を『アッシャー家の崩壊』のパラレル・ストーリーと捉えたようだったね」

「うん。唐草教授も基本的には賛同してくれたと思うよ。埜枝さん自身も認めてくださってたし」

「僕も賛同するよ。ただし、三十年前の綿谷埜枝の恋愛の話については少し違う見解をもってる」

「え……」

「綿谷埜枝の恋愛自体は、むしろ『アッシャー家の崩壊』そのものだったと言っていい」

「どういうこと？」

「まあじっくり話していこう。まずは『アッシャー家の崩壊』の補足でもしようか」

こちらもしょせん研究者のはしくれ。黒猫が『アッシャー家の崩壊』にどんな解釈をつけるのか、興味がないわけがない。

「語り手はある秋の暮れかけた時刻に、うらぶれた地方へと馬を走らせ、アッシャー家の前にやってくる。外観の特徴は〈寒々とした壁〉、〈うつろな眼《まなこ》のような窓〉と、建物が死の影を帯びていることを匂わせる。なかでも〈うつろな眼のような窓〉はその後も登場することから考えて重要な表現だ。建物を擬人化し、死者そのものに見立てている、と考えるべきだろう」

テクストの細部に目をとめ、そこから別の風景を取り出してみせる。黒猫の講義が、始まった。

「ロデリック・アッシャーと語り手は幼馴染だ。身体の疾患と精神の異常とに悩むロデリックは、語り手の来訪を半ば強制し、それに応えるかたちで語り手はアッシャー家に現れた」

「たしか、語り手は無口なロデリックの内面はあまり知らないんだよね。知っているのは、芸術家を多く輩出した家柄で、なぜか直系だけで続いていて、分家は出ても長く続かないということ」

「そう、まるでほとんど枝の生えない樹。それは——すでに死んでいるのではないだろうか？　枝の生えない樹みたいだ」

「このアッシャー邸からよそに血統が出ていないために、アッシャー家と館とは一体化されて捉えられている。語り手が沼を覗き込んだときに映るアッシャー家のゆがみは、語り手とロデリックの関係をそのまま映し出している。

語り手の館観察はさらに仔細になっていく。館にはびっしりと苔の類が生えており、それは蜘蛛の巣のように軒からも垂れ下がっている。そして、石材は、見た目は整っているが、目を凝らすと細かな亀裂が走っている」

目蓋を閉じると、アッシャー邸が浮かぶ。

家系の歴史と結びつけられた、亀裂だらけの屋敷の姿が。

「最初に通された書斎は黒い床。そこで語り手はロデリックと再会するのだが、彼の様相が建物と一致するように死相を帯びている。死の象徴としてロデリックが存在しているわけではないことは描写の対比からもわかる。だが、ロデリックは人間の生の象徴として描かれている。あるいは、建物よりはまだしも生を部分的に保有している」

「生を部分的に……」

「ロデリックを表す描写として、蜘蛛の糸という比喩がたびたび用いられるのにも注目したい。とくに、蜘蛛の糸がロデリックの髪の毛の描写である点は興味深い。なぜなら、その見立てに従えば、彼は蜘蛛の巣に引っかかった獲物というふうに把握することが可能だからだ」

読み込んでいたはずのテクストが、べつの位相を見せ始める。

いまは夕方。自室で一人パソコンと向かい合っている。それなのに、ゴシックの世界に入り込み、崩壊寸前の建物を解体しているような気持ちになってくる。

「さらに描写はロデリックの外見からその態度に及ぶ。英語で態度という意味の attitude はもとは〈結びつける〉という意味の apere を語源にもつラテン語 aptitūdō から変化した語で、建物の石と石の接合部分に照応する。そして、語り手はその〈態度〉に建物に感じたのと同様に違和感を覚えている。

建物は見た目は整っているが、よく見ると罅《ひび》が入っていた。対して彼の〈態度〉は煮えきらぬ調子と、抑揚のかかった落ち着いた調子とに分裂している。〈煮えきらぬ調子〉が生で〈落ち着いた調子〉が死を仄めかしている。ロデリックのなかで生と死がせめぎ合っているんだ」

「でもそれはアッシャー家の石壁とロデリックの態度とがイコールだってことでしょ

う生だよ」

「いや、イコールではない。石壁は死んでいるんだ。それをつなぎとめているのは苔という生だよ」

「苔が……?」

苔の存在は、気づかなかった。

建物がアッシャー家の運命と一体化されている以上、建物=身体と見るところまでは考えられた。だが、建物のなかにもさまざまな複合的な要素があるのだということは見落としていた。

「ロデリックは語り手に、自分はいずれ生命も理性もともに失わねばならない、と嘆く。ここで面白いのは、生命と理性とを分離して考えていることだ」

「人間も建物も、ともに複合的に捉えているのね」

「彼は純粋に観念によって芸術を紡ぎ出せる男だった。ただし、その彼の作品のなかに長方形の穴倉を描いたものがあり、これだけは抽象性に徹しきれていなかった。

なぜか? もちろん、双子の妹マデラインを葬ることになる棺だからだ。その絵だけは彼の個人的運命への純粋な不安を描いたものであり、観念ではありえないんだ。ちょうど、綿谷埜枝の小説のなかに薔薇を隠すボックスが登場したのと同じだね」

「あっ」

ただテクストの解釈をしているのかと思うと、それが現実の話の解体のための下準備だったりするのが黒猫のやり口だ。

「ところで、ロデリックとマデライン、二人の名前も面白い。rod が〈棒〉で、rick は〈干し草積み〉。棒状に積まれた干し草のように脆い存在であることを暗示させる。マデラインは mad〈狂気〉の line〈境線〉。マデラインとは、理性による観念の存在であるところのロデリックが、越えてはいけない狂気の境界線のことなんだ」

世界が剝がされていく。

白茶けた壁の奥からまだ見ぬ紋様が浮き上がる。

「干し草は観念だ。ロデリックは観念を仔細に積み上げた脆い塔のうえにいる。彼が越えてならないのが狂気の境線であると解釈できる。

後に韻を踏んだ詩が出てくるが、そもそもこの双子の名前からして Rod、Mad と子音韻を踏んでいる。そして続く語はかたやRで始まり、かたやLで始まる。右と左だ。これは二人が同じ〈アッシャー家〉という胴体をもった双頭であることを意味している」

黒猫のアバターは、テーブルの上で片足を軸にくるくると華麗に回転した。

「いろいろ技があるみたいだね、君も試してみたら？」

「……結構です」

あ、そう、と言いながら黒猫は回転をやめて話す。

「恐怖を紛らすために、語り手とロデリックは芸術に没頭する。だが、ロデリックが歌い出すと、語り手はその詩の底にある神秘的な流れのなかでロデリックの理性がぐらつくのを見る。

ロデリックの作中詩の根底には彼の独特の見解がある。その見解とは〈すべての植物には知覚がある〉というものだ。そして、〈ある条件の下では、知覚は無機物界にも及んでいる〉という。これによって建物を構成する二種の要素のそれぞれに知覚が存在していることが、ロデリックのなかでは常識となっていることがわかるんだ。

二種とは、建物の石の隙間を覆う苔や辺りに立つ朽木などの植物と、石材、窓、池などその他建物を構成する無機物だ。それらに知覚があることの証拠は、凝固しつつある現在そのもの。つまり、建物に知覚があることの証人は――時間なんだ」

つい昨日の綿谷埜枝の病室での会話を思い出す。

唐草教授は言った。

――今の彼女には意思はない。だが、そのなかに確実に時間は生きている。

なぜなんだろう、現実の世界での言葉がテクストにリンクする。

まるで――現実と虚構のあいだに美という名の抜け穴があるみたいだ。

「いよいよ境界線を越えるときがきた。ロデリックはマデラインが死んだと言って、語り手と二人で彼女を納棺し安置所へと運ぶ。

ところがマデラインがいなくなってからロデリックは異常をきたし、ついに目の輝きさえ消えてしまう。すると彼のなかの生によって隠れていた性質が表の性質となって表れる。狂気の蜘蛛の巣に完全に囚われてしまったロデリックは窓を開ける。結果、建物を黒い雲が覆いつくす。まるで、蜘蛛が獲物をその糸で巻きつけるように。マデラインの紡ぎ出した糸。その糸の名は——時間。そして、時間はあたかも知覚をもっているかのように建物全体を覆いつくしてゆく」

時間——それ自体にもまた、知覚を認める物語だったのだ。

「ついに、ロデリックは石のように硬直しはじめ——あの有名なラストへとつながっていく」

建物の崩壊。

そして、赤い月の出現。

「気になるのは、最後に登場する赤い月なんだけど、それまで小説内には登場していないイメージが、ここで突如現れている。なぜこの夜の月は赤いことが冒頭に説明されなかったんだろう？」

「建物を黒雲が覆っていて見えなかったからでしょう？」

黒猫はハイジャンプをして、すぐにしゃがむ。

「……何してるの？」

「ストレッチ」

「生身の体でやってください」

黒猫はストレッチをやめる。

「いや、僕が言いたいのは、もっと当たり前な話だよ。なぜこの月は赤くなったのかって話」

「赤くなるのに理由があるの？　んん、わかんないな、降参」

「むずかしい話じゃない、火星が接近しているからだ」

「火星――ああ、そうか……」

思いがけない言葉の登場に驚く。今まで月の色は何らかの観念を表すものと考えていた。だが、実際、月が赤くなる理由を科学的に考えるならば、火星の接近と考えるのが妥当だったのだ。

黒猫の美の解体ショーはいよいよ精緻《せいち》をきわめる。

「火星は行動への衝動を表している。その衝動はこの物語を何一つ残さない壮大な崩壊へと導いたように見えるかもしれない。でも本当にそうだろうか？

さきほど言ったとおり、マデラインがロデリックにとって〈狂気の境界線〉であるのはたしかだとして、マデライン自身は何者であるのか、というところは忘れられがちだ」

「マデライン自身？」

「そう。マデラインの肉体があり、マデラインの狂気がある。だが、どれもマデラインの付属品に過ぎない」

そうか。狂気はロデリックに転移し、肉体には死が訪れた。それでもマデラインそのものに死が訪れたわけではない。

「でも、『そのもの』なんてあるの？」

「ある。ただし対でしか存在しえないが。理性が狂気に啄《ついば》まれ、建物という二人の身体が崩壊した後も、求め合うロデリックとマデラインは赤い輝きをもって機能し続けているじゃないか」

「それは……もしかして」

「この解釈を、少なくとも作中人物、ロデリックだけは誰よりも肯定するだろう。なぜなら、ロデリックは植物にも無機物のいずれにもある一定の条件下では、知覚があることを認めていたからだ。われわれ人間もまた骨という無機物を保有している。無機物＝死の冷たさを意味するとすれば、死にもまた知覚があるという奇妙な理論が生まれる」

突然、幻惑的な世界が口を開く。

思わず、後ろを振り返ってしまう。

「これが魔術的な論理だと思って拒否反応を起こしてはいけないよ。すべてに知覚を持たせる、というのは、要するに生物と無生物とを隔てているものをいったんなくすための試行なんだ。それらを等価値に置いて考えさせるための装置だ。そこでは〈死〉までもが知覚を持っている。狂気の論理だ。そして、この論理を口にしたのはマデラインを棺に入れる前のロデリックだということを思い出してほしい。おかしくはないか？」

「あ……本当……。マデライン＝狂気の境線を踏み越える前にすでに狂気が宿っていたってこと？」

「そういうこと。ロデリックを狂気が支配していた。なぜなら二人は一心同体だから。最後の崩壊によって二人の〈死〉までもが消滅してしまう。それでも最後まで残るのが――赤い月だということだ。赤い月は、火星＝衝動が輝かせる二人の情熱だ」

想像してみた。長年続いた家系の命運からも、建物の命運からも逃れ、燦然《さんぜん》と夜空に輝く赤い月を。

「ロデリックも消えマデラインも消え、理性と狂気が、生と死が消え去ったあとにも〈行為への衝動〉は残った。すなわちそこに持続していた――真の時間が姿を現し、勝利宣言をする」

「時間が――勝者……」

「そういうこと。狂気とか観念とかそういったものの下にずっとあったロデリックとマデラインの時間だ」

不思議だ。

ぜんぜん違う解釈なのに、黒猫の到達点を見ると、ずっと前からそこに自分も行きたかったような気持ちになる。

「君の話を聞いていていちばん感心したのは、君が自分の直観を優先させながら論理を丁寧に紡ごうとしたことだ。大きな進歩だ。半年でここまで成長するとは思ってなかったな」

「うわーそれ、すっごい上から目線」

「早くここまで上がっておいで」

黒猫はそう言ってテーブルの上であかんべえをしてみせる。

一生懸命やってます、と言いかけて黙る。黒猫だって、天性の才能だけで先鋭的な解釈ができるようになったわけではない。そこにはたゆまない努力があった。黒猫は起きている時間のほとんどを研究に充てている。どこで息抜きをしているのか、と以前聞いたとき、黒猫はこう答えた。

――美学者が息抜きをするのは、死ぬときだよ。感受性があるかぎり、寝ていたって仕事中だ。

それは、美学が黒猫そのものと直結していることを意味していた。

自分は、そこまで真摯な心で美学と向き合っているだろうか？

足りない――全然足りない。

「おい、焦るなよ。君はすごくいい状態にいるんだ。スロープを曲がる前にその先の景色が見えないことを嘆いたって仕方ない。プロセスがあるんだ。君の〈いま〉を歩けばいい」

ああ、つながっている。

「アッシャー家の崩壊」は、百七十年余りのときを経て現在にもなお作用し続けているのだ。

「それで、埜枝さんの恋が『アッシャー家の崩壊』そのものだっていうのはどうして？」

「知りたい？」

「もちろん」

黒猫の講義は続く。こちらは、もう何もしゃべる必要はなかった。海辺で拾った貝殻の音楽を聴くように、黒猫の声に耳を傾けた。

2

「三十年前の綿谷埜枝の恋は『アッシャー家の崩壊』そのものだ。僕がそう言うのは——埜枝とその男は、ロデリックとマデラインのようにある共通項をもっていたからだ」

「どんな共通項？　そんなのあったかな……」

「それを理解するには、まず男が誰なのかを理解しないと駄目だ」

「え？　だから、男は花火師で……」

アバターの黒猫が首をぶるんぶるんと横に振る。

「で、でも唐草教授も同意してくれたよ」

後ろにエッヘンとつけたくなるような調子で言ってみた。

「たしかにね。でも、はっきりとイエスとは言ってないよ。花火師は実在する。でも、植物園で埜枝が出会い、彼女の家にやってきたのは別の人物だったんじゃないかな」

なぜ黒猫はそんな根底を覆すようなことを言うのだろう？　一体、何の確証があって……。

「じゃあ……彼女は誰と出会ったの？」

「この話を知っている人物は埜枝のほかに誰がいた？」

「まさか……唐草教授のでたらめってこと？」

「そうじゃない。彼は最初から仮の話しかしていないんだよ」

「嘘、だって……」

「彼は最初に言ったんだろ？　『私が泊まりに来た同級生の一人だったなら』って。そもそも、あとから来た同級生のなかの一人だった、という君の推理にも、はっきりそうだとは言っていない」

――条件は満たしているね。いかにも、僕は彼女の同級生だ。

あれは、決してこちらの答えを肯定したわけではなかったのだ。

「だが、君は泊まりに来た同級生の一人が唐草教授だと思いこんでしまった。そうなると、彼としては自分が〈星から花を作る男〉ではないという前提で話を進めざるを得ない。そもそも、綿谷埜枝はなぜ君にそんななぞなぞを仕掛けたんだろう？」

「それは――」

「君が教授の手を借りることになるとわかっていたからじゃないだろうか？」

「だ、だって、どうして星から花を作る男が唐草教授になるの？」

「男が綿谷埜枝にその話をしたのはどこでだった？」

「場所――」

「ゲニウス植物園でノイバラを見ているときだろう？」

ノイバラの前だったら、何だというのだろう。

考えても思いつかない。

「降参です」

「なんだ、つまらない」

黒猫は口にくわえた薔薇を指先でくるくると回す。

「ノイバラには秋になると、赤い実ができる。これを営実《えいじつ》というらしい。明の時代の学者である李時珍によれば、営星——つまり、火星に似ていることからこう呼ばれるようなんだ」

「火星？」

今しがた「アッシャー家の崩壊」についての解釈を聞いた直後にこういう展開になるとは思わなかった。

「つまりね、星から花を作るっていうのは、唐草教授のとんちだったんだよ。星は営実。赤い実から種がこぼれて芽吹き、花をつくるのはノイバラだ。それを綿谷埜枝は〈アース＝地球〉にインプットするというふうに置き換えたんだね」

埜枝の小説「星から花」につながった。でも——。

「それがなぜ唐草教授の言ったものだとわかるの？」

黒猫は薔薇をボトルに戻し、両手でお手上げのポーズをしてみせる。アバターの黒猫は、実際の黒猫の百倍くらい嫌な奴だ。だが見た目はキュートなので、なんだかとても複雑である。

黒猫は言った。

「ノイバラの形状自体を表す自分の名前を言っていたんだ」

「もしかして——〈唐草〉ってこと？」

思い出す。

埜枝が唐草教授のことを何と呼んでいたのか。

——ベスク。

唐草文様、アラベスクの略。

その渾名に初めての出会いのエピソードが絡んでいたのだとしたら——。

「これで男の存在が明らかになった。ロデリックとマデライン、唐草教授と綿谷埜枝。この二人を結ぶ共通項とは何か？」

黒猫は一瞬の間を置いてから続ける。

「君はあの伝説を知ってる？　國槻瑞人の恋人にまつわる伝説」

「ええ、なんとなくだけど」

つい先日、戸影からその話を聞いたばかりだ。

「日記のなかに何度となく登場する恋人。彼女と二人だけでいられる世界を求めて、行方をくらました。ところが、國槻の友人は誰もそんな女性を知らなかった、という」

「不思議な話だよね」

「そう、不思議だ。そもそも、一人乗りの飛行機であるはずなのに、どうやって恋人と旅立つことができたのか」

「えっ……一人用だったの？」

黒猫はテーブルの上のボトルから薔薇を取り出し、それを口にくわえて再びフラメンコを踊り出す。

思わずリアル黒猫がそれをやっているところを想像して笑ってしまう。

だが、次の瞬間――。

わが耳を疑った。

「でもね、もしもその恋人がノイバラなら、矛盾点はなくなるんだ」

音が消える。

恋人がノイバラ？

「ど、どういうこと？」

「植物学研究を長らく続けてきた彼は、亡くなった年にノイバラを研究していたらしい。当時、彼はこの花をさまざまな角度から絵に描かせている」

「そんな……だからって恋人に喩えるなんて……」

「喩えたんじゃないよ。恋人がノイバラだったんじゃないかって言っているのさ。その証拠に、彼はその恋人を遠い星から来たと日記に書いている。遠い星――営星のことじゃないかな」

つながっている。

火星に端を発して、恋愛が数珠のように。

「自分が人間だからって、人間にしか恋愛感情をもってはいけないなんてことはない。それが動物であれ植物であれ石であれ、ひとつのものに心惹かれると、そこに通常の分類法では割り切れないそのものにしかない魅力を感じるものだ。そして、人はそういうものを恋と呼ぶ。そうだろ？」

「……うん、そうだけど……」

「結婚のような社会的制度になるといろいろあるだろうが、恋愛のレベルでどうして対象を人間に限定しなければならないんだろう？」

考えたこともなかった問題だ。だが、いま大前提が覆された。

「それはブランド名を見てから商品を選ぶような発想に近い」

「極論すぎるよ、そんなの」

「もちろん極論だ。でも、植物とつねに向き合ってきた國槻瑞人にとってはその極論が常識だったんだよ。見た目はそれほど変わって見えなくても、彼にとっては世界でただひとつの特別なノイバラに出会えたのさ、きっと」

「そんなの……」

「仮にこう考えてごらん。君が宇宙のどこかに浮かぶ小石だったらどうだろう？」

小石？　今度はいったい何を言い出すのだ。

「君の好きな人は地球にいるとしよう。二人は、たとえ偶然に出会っても言葉も通じず、そもそも異種だ。しかしそのとき、君とその人の魂は呼び合わないだろうか。君が石ころなら、もうそれで二人は関係ない存在に終わるのだろうか？」

ドキッとした。

自分の——好きな人。そんな問いかけを黒猫からされるとは思いもしなかったのだ。

「わからない。でも、見つけてほしいって思うのかな」

「そういうこと」

自分が理解できる恋愛がすべてではないのだ。人間と植物が求め合っていけない道理はない。

「そもそも、なぜ綿谷埜枝はゲニウス植物園を訪れたんだろう？　彼女は昔からその植物園に縁があったんじゃないかな。たぶん父親と國槻が友人同士だったんだろう」

「そう言えば……」

埜枝は言っていた。植物を愛でるようになったきっかけは父親で、彼には植物学者の友人がいた、と。

「そして唐草教授は、國槻教授と分野の垣根を越えた師弟関係にあった。美学科の院生だった唐草教授は植物学者の國槻に陶酔するうちに、分類学の手法を植物学に学んだのだろう」

唐草教授の言葉を思い出す。

――僕も昔は國槻先生にお世話になっていたからよく行ったものさ。

そうだ。二人とも、國槻瑞人という共通の知人がいたのだ。

「それがさっき言った共通項?」

「そう。とても小さな共通項に見える。ところが、この小さな共通項は二人の出会いに〈作用〉しているんだ。二人はどこで出会った?」

「ゲニウス植物園……そうか……」

二人は國槻という共通の根をもった魂の片割れだったのだ。だから、「アッシャー家の崩壊」そのもの、と言ったのか。

まるで二人の恋に崩壊の力学がはたらいていたかのようだ。國槻瑞人は、それを標示する存在にすぎない。アッシャー邸がそうであるように。

画面のなかの黒猫がこちらを見ている。

「國槻は死んだのかもしれないし、山奥でノイバラと幸せに生きているのかもしれない。とにかく二人の運命に作用した國槻自身は伝説となり、『アッシャー家の崩壊』そのものの恋は幕を閉じた。

それから、埜枝は失った恋を弔うために『星から花』という供物を紡いだ。あの短篇にはタイミングを失して友人関係になってしまった唐草教授との恋への供物という意味がある」

「そんなの、悲しすぎる」

——あの作品はじつに厄介だよ。あれは、言ってしまえば、供物だからね。

いま、ようやく唐草教授の言う〈供物〉の意味が明らかになった。ずっと誤解していたのだ。

「花火の事故で家が焼ける惨事に見舞われたせいで、唐草教授はオフランドに行くことができなかった。タイミングはとても難しい。その日に会えなければ次のときに、なんて言うほど簡単なものじゃない」

あの日に出会えなかったことがすべて——そう、恋愛はタイミングがすべて。

「でも、その後も友人関係を続けているってことは、どこかで出会っているんだから、当然そのときの話になったはずじゃない？」

「普通ならなっただろう。でも、もしできる状況じゃなかったら？」

「どんな状況なの、それ」

「埜枝は唐草教授の親友と結婚したと言ったね」

「ええ」

「たとえばその件をまったく知らなかったこの親友が、後日大学のキャンパスかどこかで二人を引き合わせたとしたらどうだろう？　あの日の話を持ち出せるかな？」

唐草教授はたしかその親友のことをこう言った。

——入学以来ずっと埜枝のことが好きだと公言していた男だった。

埜枝に恋している親友から恋愛相談を持ちかけられているときに、ばったり埜枝と遭遇してしまう。初めて出会うと思っている二人を親友が無理やり自己紹介させる。

その後も、埜枝を好きなのは親友のほうで、唐草教授はその友だちという立場で会わざるを得ないことが増えていく。

「埜枝を好きだとわかっている親友を、唐草教授は裏切るわけにはいかなくなったんじゃないかな。そのまま親友は埜枝に交際を申し込み、結婚に踏み切る。彼の死後は、死者への義理立てから余計に動けなくなり、現在に至る」

唐草教授の言葉が思い出される。

——あんな事故さえなければ、きっといろんなことが違っていたはずだ。

そう、きっといろんなことが違っていたのだ。

「想いが消えるわけではない。でも一度歯車が食い違ってしまったら、再び最初の瞬間を作り出すのはとても難しい。言えずに終わった想いは、ただ天上に輝き続ける。アッシャー邸の跡地に昇る赤い月のようにね」

目を閉じる。

病室で彼女の手をとる唐草教授の姿が浮かぶ。

「蛇足だけど、遊びに興じているときに手と手が触れ合った、と綿谷埜枝が言ったのは、たぶんノーツ・アンド・クロッシーズだったんだろう。勝敗がつきにくいゲームなのを唐草教授は知っていて選んだんだ。そのほうがずっと彼女といられるからね」

戸影と唐草教授が三目並べに興じている姿を見つけたときの、埜枝の柔らかい微笑みが思い出された。あのとき、埜枝は出会った日のことを思い出していたのかもしれない。

「それから、唐草教授がオフランドを指定したのは、バイト先だから何かとコスト的な融通がきいたのかもしれないね。何しろその頃の唐草教授はまだ院生だったわけだから」

不思議。当たり前だけれど、唐草教授にも、いまの自分と同じ年頃のときがあったのだ。

そして、恋をしていた。同じ思いを抱きながら、すれ違う恋を。

3

「それにしても、君も成長したね。『星から花』が『アッシャー家の崩壊』のパラレル・ストーリーだというのは、本当に面白いし的を射ているよ」

「わーい嬉しい」

「目が死んでるのが見えるよ」

ドキッ。

マチルドの目をキョロキョロ動かしてみせる。

「動揺しすぎだ。ただ、もっと言えば、あれはロデリックとマデラインの純粋持続の時間の物語だ。それは二人のゆらめく動線——〈遊動図式〉の観測の記録、ともいえる」

「それ、懐かしい響き……」

二月に講堂で聴いた黒猫の講演を思い出す。

「以前、僕は〈小人〉という言い方をしたけど、ロデリック・アッシャー風に言うなら、知覚をもった図式とでも言うべきかもしれないね」

「生き物みたい」

「ある意味ではね。目的をもたず、ただひたすらに動いている。理性とか観念といったものに比べれば、宇宙の小石のように不毛な代物だ。だが、結局最後に残るのはいつでもこの不毛な知覚で、これなしでは芸術の何たるかを解き明かすこともできない、要するに、それこそが〈いま〉なんだ」

「なるほど……」

「綿谷埜枝は小説で『万葉集』を登場させるね。『万葉集』に収められたおよそ四千五百首は皇族、農民、遊行女婦《うかれめ》と多岐にわたる身分の人々の歌が、意図的に順不同に並べられている。それらは〈いま〉の切断面として集められた〈万《よろず》の想いの葉〉なんだ。

埜枝の小説における『万葉集』の引用は、時間の経過を凝視して創造していることを示すラベルだろう」

それから、黒猫は苦笑いを浮かべた。

「しかし、奇遇だな」

そう言って、黒猫はここ数日のあいだにパリで遭遇した事件について教えてくれた。

「それじゃあ……黒猫も國槻瑞人の伝説が背後にある事件を？」

「ああ。今考えると、不思議なことに、こっちも『アッシャー家の崩壊』が絡んでることに気づかされるよ。さっきまでは思いもしなかったけど」

「え？　どのへんが？　全然アッシャー家なんか出てこなかったじゃない？」

「ジャルダン邸の同い年の兄妹の恋物語。マデラインとロデリック。二人が育ったサマセットにあるヘスタークーム・ガーデンは國槻瑞人が強く影響を受けた庭園として知られているんだ」

ゲニウス植物園の案内に、彼は渡英して英国式庭園を学んだ、とあった。

「國槻に感銘を与えた庭園の近くで育った二人。うち片方はやがて國槻瑞人の影響で造園家になり、見えない恋人と駆け落ちをした。君のほうの一件と同様に國槻が終始作用した『アッシャー家の崩壊』そのものの事件だったんだ。ただし、リディアとバリーの恋は下方へ崩壊するのではなく、舞い上がる崩壊だったけれどね」

一緒に見たかった。

さかさまの庭で、赤い花が、夜空にまっすぐ上昇するところを。

「君にも見せたかったよ」

「……見たかったよ」

黒猫はそれから、ああ、と思いついたように言った。

「そう言えば、ウシェールって苗字、英語風に読めばアッシャーだね、まさしく」

「……本当だ」

奇妙なめぐり合わせ。パリと東京、二つの場所で二つの恋。

そして、黒猫と自分がそれぞれの目撃者となった。

「三十年のときを超えて、國槻の撒いた厄介な種は日本とパリでべつべつの形で実った。二つの恋の中核をなすのは時間」

目を閉じる。

二つの恋。二つの時間。

どんなにもの悲しくとも、そこに流れている時間の美しさは否定できるものではない。

ふとデスク脇の壁にあるカレンダーに目が留まった。

「今日、M川沿いの花火大会なんだ」

「へえ」と黒猫。

「きっと、唐草教授と埜枝さん、見てるね」

埜枝には花火はわかるまい。だが、五感が死んだわけではない。記憶はなくとも、思考はなくとも、彼女のなかの〈小人〉は何かを感じるはずだ。そして、唐草教授のなかの〈小人〉も。

そこに——二人の時間はあるのだろう。

「君は行かないのか？」

「……そうね、誰にお供をさせようかしら」

黒猫は腹を抱えて笑う。んん、このアバターの黒猫はやはり数段憎らしい。

「戸影でいいんじゃないの？」

「……なんでそうなるの？」

ボーイフレンドと名のつくものがいない現状では、消去法からいくとそうなってしまうのだが。

「このあいだ戸影がメールで言ってたよ。先生の恋人を奪ってみせますって、ずいぶん威勢のいい内容だったな」

「……なんて返したの？」

「ん？　付き人ならいるけどって」

「……」

事実なだけに言うべき言葉が見つからなかった。でも、否定されたことになぜか妙な寂しさがある。肯定されても、それはそれでドキドキしてしまうので困るのだけれど。

「まあ、肝心なときに風邪をひくようじゃまだまだだな」

「え？」

なんでそれを知っているのだろう？

そのとき、脳裏に戸影の電話の言葉がよみがえった。

――……付き添うように言われてるのに……。

あれは――誰に言われたのだろう？

「夏にはちょっとくらい帰ろうと思ってたんだけどね、いろいろ忙しくて無理だった」

「そっか……そうだよね」

「でも、君が研究者として順調に進んでいるようで安心した」

「安心した？　どういう意味？」

「いまいち集中できていない感じがずっとあったからね」

誰が原因だか全然わかっていないらしいということだけはよくわかった。この男は乙女心がわかっていないのだ。

やっぱり一人相撲だったのかも。

デスクの片隅ではガラスの彫像が微笑んでいる。黒猫が自分宛に制作させたもの。間違いない。でも、その意図は知らない。ガラス像がこちらの手元にあることを知らない黒猫に確認するわけにもいかない。

たぶん、ただ「きれいでしょ、これ」くらいの軽い気持ちで作らせたに違いない。彼は美学研究者。関心の中心にはいつも美があるのだ。そんな彼が美しいプレゼントをしようとしたからって、勝手に想像力を暴走させてしまったのは自分。

「それで、いい公園は見つかったんでしょうね?」

パリへ行く前、S公園で黒猫に約束をさせた。池のある公園を探す、と。もしも、パリへ遊びに行ったときのために。

「いい公園?　いっぱいあるよ。サクレ・クールとか」

「それ、寺院でしょ?」

「なんだ、知ってたの?」

「もういい!」

久々の会話で高揚していた気分が泡と消える。

こういうときの火消しは昔から早い。初めからなかったことにしてしまえるのだ。そう、何も期待なんかしていなかった。もう考えないぞ。

「冗談だよ。公園ならいくつか見て回った」

「え……そうなの?」

「リュクサンブール公園もよかったし、バガテル公園もややガーリーすぎて僕の趣味じゃないけど、女の子が行くにはいいんじゃないかな」

べつに女の子が行くような公園を探しているわけではないのだが、きちんと意図は伝わっているのだろうか？　それともこの男、本気で鈍感なのだろうか？　などと考えて少しずつ苛立ちのメーターを上げていると、そんなこちらの空気を楽しむように黒猫が言った。

「でも大丈夫、これしかないって公園を見つけたから」

画面のなかの黒猫は、人差し指をピンと立てる。

「ふむ。それは楽しみ」

「じつはさっきまでその公園にいたんだ。もともと今日は人に会おうと思ってたんだけど、うまく連絡がとれなかったからちょっと気晴らしに来た。君も早く遊びにくるといい」

「うん」

目を閉じると、目蓋の裏にパリが浮かぶ。

まだ見ぬ公園で、黒猫のとなりに座り、そこでどんな話をするのか。

「でもあと一年はみっちり研究に専念したほうがいいと思うね。旅行だなんだって遊んでる場合じゃないだろ？」

「……」

「それとね。君のさっきのポオ解釈はとてもよかったんだけど、間違えちゃいけないのは、君は英文科の学生じゃないってことだ。かなり考察は深そうだったけど、それを美学的に展開していかないと……」

「あああうるさいうるさい」

大きい声を出してやった。

「……相変わらずだな、君は」

「黒猫もね」

「でも思ったより寂しがってないみたいでよかった」

「だ、誰が寂しがったり……」

「万葉の時代は、防人に置いていかれた奥方なんかたいへんだったんだよ。『万葉集』には〈道の辺の荊の末に這ほ豆のからまる君を離れか行かむ〉なんて歌があってね」

「知ってるよ」

知っているどころか、つい三日ほど前にその歌のことを考えていたのだ。

「ノイバラに絡まる君をどうやって引き離して行こうかって歌」

「はっはっは、絡まれなくて残念でしたね」

「まあ、いま絡まれてるけどね、べつの意味で」

ムッ。

「そっちこそ、私のいない生活が寂しくって夢に見てるんじゃないのぉ？」

「なんだ、その語尾の伸ばし方は」

ちっとも動じる気配がない。対するこちらはこうして戯言を言い合うのも久しぶりだと、何だかいちいちムキになってしまう。

衣食足りて礼節を知るというけれど、人との関係も同じだ。毎日会っていた頃はもっと対応に余裕があった。でも今は悲しくなるくらい自分が強がっているのがわかってつらい。この展開、ＰＣを閉じた途端に落ち込むに決まっているのだ。

「夢と言えば『星から花』に登場する〈山吹の匂へる妹がはねず色の赤裳の姿夢に見えつつ〉は、男が女の赤いスカートを夢に見ているって歌だよね。とても優美な歌だ。女の言葉でも顔でも姿かたちでもなく、その付属物を夢に見ている。でも、それを夢に見ているというだけで、二人の距離感が何となくわかる」

「うん」

誤魔化されている。気のせいかもしれないけれど、そんな気がしてしまう。

「たぶん現実に彼女のスカートがなびくところを見ていたときには、何てことのない風景だったんだろうね。でも夢に出てくる。彼はその夢のなかで初めて彼女のスカートの色の鮮やかさに気づき、彼女自身を知る」

「美的時間ね」

目の前の画面では、黒猫が机にのり、手をあげて踊り出すという暴挙に出ている。

「あるいは、それを〈言の葉〉に起こしているときにしか時間はないのかもしれない。人は別れてから愛し始める生き物だ」

「誰の言葉？」

「さあね。ただの真理だ。ちょっと気のきいたラジオＤＪだってこれくらいは言うだろう」

それから、沈黙が流れた。

なぜだろう、言葉が急に尽きた。

画面の前には、黒猫のアバターがいて、こちらを見つめているように見える。〈マチルド〉を使えば、その黒猫に触れることは簡単だった。さっきのように操作を間違えれば、身体を重ねることも、現実とは違って簡単に起こり得る。

このマウスを、そしてその画面にいるアバターを、自分の知覚とつなげることは、不可能ではないだろう。両者の感覚が不可分となっているような人々もなかにはいるのだ。

でも、不器用な自分には馴染まない。馴染みたくないだけかもしれないけれど。

と、ここまで考えて、ロデリック・アッシャーが建物と自身の知覚を一致させていたのも、それほど不思議なことではないように思えた。もしも一生このアバターの世界でしか黒猫と会えないとしたらどうだろう？　そうしたら、黒猫のことを忘れるだろうか？　それとも、黒猫のいるアバターの世界に没頭していってしまうのだろうか？

答えはわかっている。後者だ。そして、そこでアバターが殺されれば、自分も死を味わうかもしれない。現代の人間は、誰もロデリックを笑うことなどできないのではないだろうか。

ここにいたい。ずっといたい。

でも——ここにはいられない。戻らなければ。

矛盾している。まるでロデリックだ。彼は二つの違った状態で身体を保持していたのだ。

ああ。

唐草教授と綿谷埜枝の恋。

リディアとバリーの恋。

そして、國槻瑞人とノイバラの恋。

彼らの恋にも、二つの違った状態が存在していたに違いない。激しく求めてやまない気持ちと、日々を誠実に生きようとする気持ち。どちらも嘘ではない。時間は二重性を帯びている。ノイズのような無思考の時間、その集積の先にもうひとつの時間が隠れている。

そちらは失われたときに発動される。

「そろそろPCのバッテリーが切れるから、また」

「うん」

いやだ、とは言えなかった。

「初秋の公園で迎える夜は思いのほか涼しい。日が沈むと季節のうつろいがわかるな」

どうせ黒のスーツを着ているんだろう。

「風邪ひかないでね」

「君も……」

次の瞬間、黒猫が画面から消えた。

何もない殺風景な部屋のなかで、マチルドが一人で佇んでいる。

終わった。

ああ、ここからだ、ほら、少しずつくる。三月、飛行場で黒猫を見送ったあともこうだった。明日くらいかな、危険なのは。

どうしていつも悲しみは一日遅れなんだろう。

隠れていた時間が、顔を出し始める。

無思考の時間が終わり、身悶えする日々が始まる。

どうすればいい？

まだ現実感がなくぼんやりとしたまま、ＰＣをシャットダウンした。

そのときになって携帯電話がぼんやりと青い光を放っていることに気づいた。いつから光っていたのだろう？

着信があったことを告げる青い光。

見ると、四時間前に一回、三時間前に一回、二時間半前に一回。

いずれも〈公衆電話〉とあった。

前夜、インスピレーションを得て、機関誌『グラン・ムトン』のための原稿を徹夜で書き上げ、気がつくと朝になっていた。そこからほんのちょっとのつもりで眠ったら、あっという間に〈プルースト〉内での受け渡しを約束した夕方五時になってしまった。

その間の着信なのだろう。誰かが公衆電話から四時間の間に三回もかけたようだった。よほどの急ぎの用事だったのに違いない。

そう言えば、昨日と一昨日、立て続けに〈非通知〉の連絡があった。うち一件は自宅。もしかしたら、黒猫がアバターで話す前に直接電話で話そうと思っていたのかもしれない。だとしたら――悪いことをしたな……。

黒猫。

気がつくと、足は玄関へと向かっていた。まだ母は帰ってこない。今日は学会のあとそのまま飲み会になだれ込むと聞いている。料理を作る必要もない。

急いで向かう。

あの公園だけが知っている。そこには二人の時間が刻まれている。

電車に飛び乗った。

S公園駅へ。

車内の人々の服装を見ていると、少しずつ夏の気配が薄れてきたな、と思う。かく言う自分もカーキ色の七分袖のシャツという風体でちゃんとその一員になりきっている。

空気が乾いている。

いや、違う。

からっぽな感じだ、内側が。

葉は落ちないと集められない。『万葉集』の時代の人々にも、きっとこんな二つの時間があったのだ。それでも、植物に倣うように穏やかに過ごした。

ジョン・ケージの音楽は聴いたことがないが、充実したノイズの瞬間は理解できる。それは自然のように機能的な音楽であり、そこには純粋に〈作用〉する時間があるだろう。

植物──そのなかには静謐に機能した時間がある。綿谷埜枝は、唐草教授は、その下に情熱を仕舞い込んだ。リディアとバリーも。

自分はどうだろうか？

わからない。

ただひとつ、現状をかえりみれば、そろそろ自分は動くべきだった。プライベートな意味ではなく、一人の人間の成長として。

研究者としての道を振り返れば、悪くはない。この半年で自分でも驚くほど成長した部分がある。だが、ここから先はもっと研究対象との関わりを深めていかなければならない。そのためには、ぬるま湯に自分を置きたくはなかった。

動くのだ。

全身がそう訴えていた。

パリに行こうとは思わない。そうしなくとも、自分はもう一段高みへ向かうことができる。自分の可能性を、もう恐れるのはやめよう。

逃げるのはおしまいにするのだ。

自分自身の研究としっかり向き合う。黒猫と同じレベルで話ができる人間になる。

そして——黒猫が好きだ。

その気持ちから逃げるのも、やめなければ。

どれだけ離れていても、あの日に端を発した二人の〈いま〉は、奇妙な偶然に引き寄せられてしまう。

時刻は夜の七時。そろそろ、M川では花火が上がるころだろう。病室にいる唐草教授は窓の近くに立っているだろうか?

埜枝のなかの何かは、空に咲く花を知覚できるだろうか。

三十年前に、オフランドから一緒に見るはずだった秋宵の空に散る花を。

S公園駅に降り立つ——。

最近では見慣れてきたが、ここもこの半年でずいぶん変わった。モダンなつくりに変化し、以前はなかったエレベータまで設置されていた。だが、一歩外に出ると、街並み自体はそれほど変わっていない。

歩くこと五分ほどでS公園が見えてくる。

なかに一歩足を踏み入れると、不思議な感覚に包まれた。もう日が落ちて暗く、人気《ひとけ》もまばらだ。この道を黒猫と一緒によく歩いた。何度も何度も歩いた。

いつだったか、黒猫は歌うようにこう言った。

――散歩はトポロジーなんだよ。何年も何年も、同じ空に戻っては溜め息をつくことになる。

ああ、あれは予言だったな、と思い出す。あのときはぼんやりと聞いていた言葉のひとつひとつが、とてつもない輝きとなって胸に迫ってくる。苦しくなる。

それでも――この公園にいるあいだは、二人の時間がそこにある。ダメだ。おかしい。こんなに苦しいはずじゃなかったのに。

やはり自分は、蔓を巻きつけて行かないでとはせがめない。そうなれたら、もっと楽に生きられるのに。

会いたい。

胸がしめつけられるような思いを抱いたまま、救いを求めるようにしてベンチにたどり着いた。いつものベンチ。もちろん黒猫はいない。

自分はいつも何を期待してここに来るんだろう？

ここには失われた時間しかないとわかっているのに。

馬鹿みたい。

いや、そうじゃない。

ここでしか感じられない時間に会いに来たのだ。

腰かけた。

足下に何かが触れた。

しゃがみこんで、持ち上げる。

「これは――」

緑色の、ボトル。そのなかで赤い八重咲きの花が、夜空に向かって何か語りかけるように開いている。

「スイフヨウ……」

そうだ、間違いない。

これはコットン・ローズ。

脳裏に黒猫の言葉がよみがえる。

――初秋の公園で迎える夜は思いのほか涼しい。日が沈むと季節のうつろいがわかるな。

彼はどこの公園にいたのだろう？

その前はこう言わなかっただろうか？

――でも大丈夫、これしかないって公園を見つけたから。

どこの公園なの？

これしかない公園って――ここのこと？

ぬかるんだ地面には、まだ真新しい足跡がある。大きい、けれどフォルムのタイトな革靴の足跡。

黒猫だ。

――もともと今日は人に会おうと思ってたんだけど、うまく連絡がとれなかったからちょっと気晴らしに来た。

頭のなかですべてがつながる。ずっと黒猫は連絡をとろうとしていたのだ。突然の一時帰国を告げるために。いつから日本へ？　もしかしたら、昨日だったのではないか。戸影の電話を切った直後に気づいた着信。あれは到着を知らせたかったのではないだろうか。

あの病院に飾ってあったスイフヨウ……。

――懐かしい友人が届けてくれた。

唐草教授はそう言った。黒猫のことを〈懐かしい友人〉と表現したとしてもおかしくはない。二人の間には師弟関係を超えた絆もまた存在しているのだ。

黒猫が花屋で数本のスイフヨウを買って唐草教授に渡し、残りを自分が持っていた可能性はあるだろう。

それに、見舞いに行くときの電話でもたしか唐草教授はこう言った。

――ありがとう。しかし、君はいいのかね？　せっかく……。

知っていたのだ。黒猫の帰国を。だが、あえて言わなかった。黒猫が直接連絡する予定だったから、サプライズを邪魔したくなかったのだ。

立ち上がって、慌てて道の前後を見る。

もうそこには気配はない。

ねえ、いたんでしょ？　今ここに。どうして？

「……ん？」

自分の目が信じられなかった。

目を凝らす。暗闇に隠されてわかりづらくなった土のうえに、大きな文字が見えた。

〈これはお礼〉

その台詞が、さっきのアバターの黒猫が言った台詞と重なり、リフレインする。

――これは、お礼。

「馬鹿……」

たった一輪のスイフヨウ。それは、パリから届いた黒猫の心。

「私が公園にやってこなかったら、こんなのゴミ箱に捨てられておしまいじゃないの……」

でも、事実そうはならなかったじゃないか。

黒猫ならきっとそう言うのだろう。彼の思惑どおり、そうはならなかった。赤い花はきちんと渡った。

しかもこの緑色のボトルは、修士課程の頃にイギリスへ短期留学したとき、余暇を利用して訪れたサマセットの地で購入した黒猫へのお土産と同種のボトル。サマセット・サイダーハウスのものだ。

覚えていたの？　あんなささやかな土産を……。

もう、悩むまい。

これは、愛する者に蔓を巻く勇気を持たぬ困った自分に捧げられた薔薇なのだ。

今度は、動くのは自分の番だ。

心の底から叫びたかった。

宇宙の果てまで駆け出したかった。

月のわずかに下のあたりを、一機のジャンボジェットが上昇しながら通り過ぎてゆく。まるで、月まで、いやそれよりも遠くへと行こうとするように。

黒猫も、また飛び立ってゆくのだ。

緑色のボトルに入った〈薔薇〉を、そっと抱き寄せる。

がらんどうの身体のなかに、満ちてきた。

芳しい香りに包まれた二人だけの時間が。
視線は、さよならも言わずに夜空の向こうへと消えゆく飛行機を追い続ける。
もう散ることを恐れはすまい。

想いの花びらを開け、黒猫の薔薇よ。

孤高の遊歩者からも見えるように。

fin

主要参考文献

『ポオ小説全集1』エドガー・アラン・ポオ／阿部知二他訳／創元推理文庫
『黒猫・アッシャー家の崩壊―ポー短編集I　ゴシック編―』エドガー・アラン・ポー／巽孝之訳／新潮文庫
『美学辞典』佐々木健一／東京大学出版会
『美学のキーワード』W・ヘンクマン、K・ロッター編／後藤狷士、武藤三千夫、利光功、神林恒道、太田喬夫、岩城見一監訳／勁草書房
『時間と自由』アンリ・ベルクソン／中村文郎訳／岩波文庫
『マラルメ全集I』ステファヌ・マラルメ／松室三郎、菅野昭正、清水徹、阿部良雄、渡辺守章編／筑摩書房
『マラルメ全集IV』ステファヌ・マラルメ／松室三郎、菅野昭正編／筑摩書房
『マラルメ全集V』ステファヌ・マラルメ／松室三郎、菅野昭正編／筑摩書房
「〈虚構〉のための言語学――マラルメの「言語に関するノート」試論――」立花史／成城大学フランス

語フランス文化研究会の機関誌『AZUR』第9号（２００８年3月発行）
『ジョン・ケージ　小鳥たちのために』ジョン・ケージ、ダニエル・シャルル／青山マミ訳／青土社
『詩画論〈2〉』ジャン・バティスト・デュボス／木幡瑞枝訳／玉川大学出版部
『植物一日一題』牧野富太郎／ちくま学芸文庫
『星の王子さま』サン＝テグジュペリ／内藤濯訳／岩波少年文庫
『花火のふしぎ』冴木一馬／サイエンス・アイ新書
『新訂 新訓・万葉集（上・下）』佐佐木信綱編／岩波文庫

解説

慶應義塾大学文学部教授・アメリカ文学専攻
日本ポー学会第二代会長
巽 孝之

※本稿では物語の核心に触れています。

二〇〇九年、十九世紀アメリカ・ロマン主義文学を代表するエドガー・アラン・ポーが生誕二百周年を迎え、我が国をも含む世界各地で大々的に記念企画が催された。名詩「大鴉」やゴシック小説の傑作「アッシャー家の崩壊」、はたまたハードＳＦの先駆ともされる「大渦《メエルシュトレエム》巻に呑まれて」といった、中学高校の教科書にも採用されることの多い代表作をもつ作家をめぐる、抜本的な再評価の始まりである。

その二年後の二〇一一年には、ポーの創始した探偵小説ジャンルの第一作で名探偵オーギュスト・デュパン・シリーズの第一弾となる「モルグ街の殺人」（一八四一年）が、きっかり一七〇周年を迎えた。とりたてて記念企画が相次いだ印象のない年だったけれども、しかしまさにこの同じ年、早川清文学振興財団と早川書房が樹立したアガサ・クリスティー賞の第一回選考結果が発表され、森晶麿の連作集『黒猫の遊歩あるいは美学講義』がみごと栄冠を射止めたのは、並々ならぬ因縁といえよう。タイトルからして、クリスティならぬ元祖ポーによるもうひとつの傑作ゴシック小説「黒猫」が思い込められているのは明らかなのだから。はたして、同書を胸躍らせながら読み始めたわたしは、その意外な展開と洒脱な原典再解釈に感嘆したことを覚えている。記念すべき第一回受賞者が探偵小説の起源に対する果敢な挑戦者だったことは、朗報であった。

もっとも、リミックス流行りの昨今、ポーへオマージュを捧げる優れた現代作品は、巷にあふれているだろう。スティーヴン・マーロウやルーディ・ラッカー、ポール・オースターやスティーヴン・ミルハウザー、マシュー・パール、それにブライアン・エヴンソンといった面々は言うに及ばない。二〇〇九年前後、つまり生誕二百周年記念に刊行された書物だけに限っても、ポーの未完の短篇「灯台」を素材に現代作家の書き下ろしオマージュ短篇を集めたクリストファー・コンロン編纂の『ポーの灯台』（二〇〇六年）や、ノーベル文学賞候補の呼び声も高い女性作家ジョイス・キャロル・オーツがポーを含む文豪たちの最期をめぐる想像力豊かなメタ小説五編を書き下ろした最新短篇集『嵐の夜！』（二〇〇八年）、マイクル・コナリーがアメリカ探偵作家クラブを代表して編纂した『巨匠の陰に』（二〇〇九年）、名伯楽エレン・ダトロウの編纂したSF&ファンタジー系のオマージュ短篇集『ポー』（二〇〇九年）、さらに作家スチュアート・カミンスキー編纂で早川書房からも邦訳版が出たオリジナル・アンソロジー『ポーに捧げる20の物語』（二〇〇九年）まで、枚挙にいとまがない。

この趨勢は映画界にも伝染する。二〇一一年に入りアメリカ映画の巨匠フランシス・コッポラ製作、ヴァル・キルマーおよびエル・ファニング主演の吸血鬼物語『ヴァージニア』が封切られるが、これはポーの短篇「鐘楼の悪魔」をモチーフにしためくるめく幻想作品であった。続く二〇一二年にはオーストラリア出身のジェームズ・マクティーグ監督がジョン・キューザック主演の伝記的ロマンス『推理作家ポー：最期の5日間』を公開し、ポー最晩年の新解釈に挑んでみせた。

ふりかえってみれば、そもそも我が国に関する限り、ポーという存在は、たんにとの時代にも愛される人気作家という水準を超えて、長く日本における欧米文学受容の指標そのものを演じ続けてきたという経緯がある。井上健の『文豪の翻訳力　近現代日本の作家翻訳　谷崎潤一郎から村上春樹まで』（武田ランダムハウスジャパン、二〇一一年）やマーク・シルヴァーの『盗まれた文学――文化的借用と日本における犯罪文学 1868-1937』（二〇〇八年）が詳述したように、我が国には明治以来平成の今日に至る翻訳文学が日本文学の文体決定そのものに関与してきた歴史があり、当初こそ文学的剽窃と思われたものがやがて新たな国民文学を創造し、海外へ輸出され、外貨を稼ぐことすら珍しくないのだ。

ポーの名探偵デュパン・シリーズ第三作「盗まれた手紙」はとある貴婦人の手紙が盗まれたがために名探偵がそれを盗み返すという物語だが、ここではそもそも盗む／盗み返すという行為そのものの模倣力ならぬ創造力が主題になっている。そしてこの構図は黒岩涙香から芥川龍之介、谷崎潤一郎、佐藤春夫、江戸川乱歩、萩尾望都、そして笠井潔に至る過程にあてはまる。ポーの影響下で自己の文体を編み出して行く過程は、そっくりそのまま、文学史そのものの成り立ちをめぐる喩え話《アレゴリー》なのである。

ゆえに、二十一世紀も第二の十年間が半ばを迎えた現在、ポーに挑戦するのは先行作品の多さという点でも受容史研究の部厚さという点でも、きわめてハードルが高い。かつて一九七〇年代初頭、ペンシルヴェニア大学教授ダニエル・ホフマンは全米図書賞候補にもなった名著『ポー・ポー・ポー・ポー・ポー・ポー・ポー』（一九七一年）において、これまでさんざんポー研究がなされてきておりもうこれ以上新しい見解を提供するのが困難な現状を鋭く認識するところから斬新な神話批評を構築してみせたが、どっこいそれから四十年余ものあいだ、構造主義や記号論、脱構築、新歴史主義と続く理論的隆盛は、ポーを何度となく甦らせ、ますます先鋭化させてきた。本書の著者が、主人公のフランスにおける指導教授であるポイエーシス大学学長ジャン・フィリップ・ラテストを構造主義人類学者レヴィ＝ストロースや脱構築哲学者ジャック・デリダになぞらえ、デリダにも多大な影響を与えたドイツの思想家ヴァルター・ベンヤミンから「都市遊歩者《フラヌール》」の概念を借用しているのは、そうした風潮にごく自然に親しんできたことの証だろう。

もちろん、森氏の受賞作『黒猫の遊歩あるいは美学講義』のページをめくった瞬間には、探偵小説にはつきものの名探偵と相棒のコンビに対応するのが若くハンサムな天才美学者、通称「黒猫」とチャーミングな女子大学院生の「付き人」というコンビであるのを知り、これはすぐにも映像化され、たちまち消費されていくたぐいの通俗的展開になるのかと、いささかの不安に襲われる向きもあるかもしれない。しかし、それはまったくの杞憂に終わるはずだ。

理由はいくつかある。

まず、このシリーズで一見したところ奇妙なのは、黒猫にも付き人にも固有名詞すなわち本名があるにもかかわらず明かされていない点だが、読み進めて行くうちに気づくのは、それはまったく気にならないどころか、むしろ不可欠な条件だということだ。ポーの短篇「黒猫」は探偵小説の体裁こそ採ってはいないが、主人公から虐待され生きながら壁に塗り込められる黒猫こそは、自らは他者から見えずともすべてを見そなわす眼、ポーとは同時代の超越主義思想家ラルフ・ウォルドー・エマソンの言葉を借りれば「一個の透明な眼球」にたとえることすらできる、最強の探偵だったからである。ゆえに黒猫と渾名される名探偵の付き人がポー研究を専攻する院生であることは、まったく矛盾しない。

つぎに、第一作から最新作へ至るまで、お手本となる（？）ポー作品が示されるのだが、それを前提に読み進むと、たいてい意外にして心地よくもはぐらかされ、物語はむしろまったく別のポー作品によって塗り替えられて行く点。

そしてもうひとつ、そうしたはぐらかしとも密接に関連しているはずだが、著者は作中でも巻末でも参考文献をおびただしく匂わせるけれども、自身の美学の根底をなすとともに、十八世紀ドイツの啓蒙思想家イマニュエル・カントの著作、とりわけ『純粋理性批判』『実践理性批判』とともに三部作をなす『判断力批判』（一七九〇年）にだけはなぜか一度も言及しないまま、むしろ作風のうちに溶け込ませている点だ（『純粋理性批判』については『黒猫の約束あるいは遡行未来』参考文献表に確認される）。昨今のポー研究ではテンプル大学教授グレン・アレン・オーマンズの一九七九年の論文以降、ポーの詩学とカントの判断力理論の類推は不可欠である。とはいえ、ここでわたしは必ずしも、作者の隠蔽癖を指弾したいわけではない。表現者たるもの、企業秘密を抱えていてしかるべきであるからだ。そうではなくて、森晶麿の場合、その探偵小説の物語展開以前に、すべての文学的手がかりは提供済みと言わんばかりの作風自体が、じつは最もトリッキイな仕掛けになっているところに、並々ならぬあざとさ、したたかさを感じたのである。

たとえば受賞作となった連作集のうちでも、文字どおり短篇「黒猫」が冒頭に掲げられた「壁と模倣」は、たしかにポー原典を彷彿とさせる舞台設定はあるものの、その深層の主題はむしろもうひとつのポー短篇であり分身譚の傑作「ウィリアム・ウィルソン」と通じている。「水のレトリック」にしても、冒頭にはポーの探偵小説第二作「マリー・ロジェの謎」が掲げられているが、にもかかわらず最後の読後感はポー晩年の名詩「アナベル・リー」が近い。分身すなわち二重自我《ドッペルゲンガー》にはとりわけ関心が深いのか、黒猫シリーズ第二弾にして初の長篇小説『黒猫の接吻あるいは最終講義』も、一見したところポーの美女再生譚「モレラ」「ベレニス」「ライジーア」に準拠しているかのように思わせるが、ここでも最終的には「ウィリアム・ウィルソン」のモチーフがますます濃厚だ。シリーズ第四弾『黒猫の刹那あるいは卒論指導』収録の「複製は赤く色づく」も「赤死病の仮面」にもとづくかのように始まりながら、そのどんでん返しにはデュパン・シリーズ第三作「盗まれた手紙」が用意されており、「追憶と追尾」もいよいよ作者がこだわってやまない「ウィリアム・ウィルソン」新解釈の決定版かと思いきや、そこに美女再生譚「楕円形の肖像」が介入して来るという凝り方なのである。黒猫シリーズ第五弾にして第三長篇の『黒猫の約束あるいは遡行未来』になると、あたかもガウディを思わせるイタリアの建築家ガラバーニ製作になる「遡行する塔」が建築家の死後もなお成長し続けているように見えるのはいったいなぜか、その謎を解く点で「アッシャー家の崩壊」を思わせるものの、究極的には父と子の確執《ファミリー・ロマンス》を介在させつつ「メエルシュトレエムに呑まれて」の論理が支配する未来へと反転していくのだから、スリリングというほかない。

＊

以上の前提は、黒猫シリーズ第三弾にして第二長篇にあたる本書『黒猫の薔薇あるいは時間飛行』にもあてはまる。

これまでの時系列を整理するなら、第一長篇『黒猫の接吻あるいは最終講義』でも明らかなように、二四歳で大学教授になったこの名探偵は、パリ留学時代の現代美学の恩師にしてレヴィ＝ストロースやデリダと比肩すべき知性であるポイエーシス大学学長ジャン・フィリップ・ラテスト教授の要請により、二五歳にして同大学客員教授に就任決定する。そこまでは、探偵小説の構成のうちに黒猫に想いを寄せる付き人の淡い恋が入り混じるという演出だったが、さて主人公がパリへ移ってから、すなわち第二長篇の本書では、ほかならぬラテスト教授の孫娘たるポイエーシス大学第三課程の女子学生マチルドが付き人の代わりに付き添うようになるのだから、日仏間にいささか複雑な緊張が生じる。そう、日本人大学院生の付き人にフランス娘マチルドという強烈なライバルが登場するのだ。そして第三長篇『黒猫の約束あるいは遡行未来』では、まさにこのマチルドと行動をともにする黒猫が、ガラバーニ製作の未完ながら成長し続ける塔を調査するうちに、国際美学フォーラムのためヨーロッパにやってきていた付き人と劇的な再会を遂げる。

それでは、黒猫のパリ生活の起点となるこの第二長篇は、具体的にはどのような物語か。

本書は日仏双方において一見べつべつの事件が起こっており、それがカットバックで語られていくという体裁を採る。

ひとつの事件は、日本に残された付き人が指導教授である学部長の唐草教授の要請で学内機関誌に論考を書くことになったところから始まる。そこで付き人が、専門からは外れるが綿谷埜枝の寓話的恋愛小説「星から花」にポーの「アッシャー家の崩壊」を彷彿とさせるところがあり気に入っているのでそれについて書きたいと申し出ると、あろうことか作家は教授自身の古い友人だった事実が判明し、彼女の屋敷を訪問してインタビューする段取りが決まってしまう。だが、そのファンタジーめいた物語の背後には、痛切な悲恋が隠されており、その謎は今日まで充分には解明されていない。その謎を解くカギは、彼女が運命の恋人と出会ったのが國槻瑞人の創始した、世界の多彩な植物群が生態ごとに配置されたゲニウス植物園にあるらしい。

もうひとつの事件は、パリにおいて現代フランスを代表する音楽家リディア・ウシェールの曲想が変わるきっかけとなった彼女の屋敷のローズガーデンが、ある日突然、上下逆の天井庭園と化してしまい、その音楽も前衛化をきわめるようになったところから始まる。世界各国の植物が雑然と配置されたその天井庭園ではサネカズラで編まれた天井の隙間から草木が地に向かって伸びており、しかも庭園に足を踏み入れると空の上にいるような感覚に襲われるという、天地が逆転し地球の法則に抵抗するかのような、何とも錯綜した造園美学。そこに英国風庭園の影響を見た黒猫とマチルドは、リディアの出身地であるイギリスはサマセットのジャルダン家を訪れ、リディアとともに育ったバリーが國槻瑞人の〈地球＝植物の惑星〉理論に魅了されて自身の庭園を編み出した偉大な造園家であることを知る。やがて、日本における綿谷埜枝のロマンスとヨーロッパにおけるリディア・ウシェールのロマンスは、「アッシャー家の崩壊」を特異点として絶妙に交錯していく。「ウシェール」（Usher）はもちろん「アッシャー」（Usher）と通じるが、ここで注目したいのはもうひとつ「ジャルダン」（Jardin）が「ガーデン」（garden）すなわち庭園そのものを指すことだ。

なるほど「アッシャー家の崩壊」が物語る運命の兄妹の構図はたしかにゲニウス植物園を結節点とするふたつのロマンスを統御している。しかしまったく同時に、天井庭園が「自然美と人工美が共存している」空間として設定され、黒猫のポイエーシス大学におけるお披露目講演会において「芸術美と自然美を対峙させる考え方」自体を転覆してみせたことは、本書では必ずしも名指されることのない、ポー「アルンハイムの地所」を代表とする風景庭園譚のシリーズを暗示する。カントは前掲『判断力批判』において絵画芸術を二つに分け、そのうち自然の美的描写の芸術を本来の絵画、自然の美的排置の芸術を造園術と定義した。そもそもカントの三批判が対象とする「純粋理性」（悟性）／「実践理性」（理性）／「判断力」（審美眼）の三大範疇がロマン派全般に大きな影響を及ぼし、ポー自身も「詩の原理」においてはこの図式にそっくり準拠したうえで、人間の知的能力を「純粋知性」「審美眼」「倫理意識」に三分してみせたが、とりわけカントが造園術を一種の絵画とみなしたことがポーの想像力に火をつけたのは疑えない。「アルンハイムの地所」では詩人的造園家エリソンが「かつては人間であったがいまでは人間の眼に見えない存在の階級」を「人類と神のあいだを漂う天使」と仮定し、彼ら中間者・媒介者たちの「洗練された美意識に応じる」ためにこそ「神は全地球上に巨大な風景庭園をお造りになった」と考えている。すなわち、風景庭園の創造こそは「真の詩神を最も壮麗なかたちで悦ばせる道」であり、黒猫の表現を借りれば「自然美と人工美」の二項対立をなし崩しにしてしまう究極の芸術にほかならない。私見では、ポーの美女再生譚と風景庭園譚はそのレトリックにおいても密接に連動しており、そうした側面に対する再解釈も黒猫シリーズには大いに見受けられるのだが、ここでは指摘するにとどめよう（詳細は拙著『E・A・ポウを読む』〔岩波書店、一九九五年〕）。

かつてポーを哲学や心理学の視点から再解釈する作家や批評家は必ずしも少ないわけではなかった。しかし森晶麿は、カントからポーへ、はたまたジョン・ケージへと至る過程で形成された美学の視点から斬り込み、まったく新しい探偵小説を織り紡いでみせた。

魅力的な主人公たちのロマンスとともに、その展開を楽しみに見守りたい。

本書は、二〇一二年十二月に早川書房より単行本
として刊行された作品を文庫化したものです。

黒猫の刹那　あるいは卒論指導

森　晶麿

大学の美学科に在籍する「私」は卒論と進路に悩む日々。そんなとき、ゼミで一人の男子学生と出会う。黒いスーツ姿の彼は、本を読み耽るばかりでいつも無愛想。しかし、ある事件をきっかけに彼から美学とポオに関する〝卒論指導〟を受けて以降、その猫のような論理の歩みと鋭い観察眼に気づき始め……。『黒猫の遊歩あるいは美学講義』の三年前、黒猫と付き人の出会いを描くシリーズ学生篇

ハヤカワ文庫

著者略歴　1979年静岡県生，作家　『黒猫の遊歩あるいは美学講義』で第１回アガサ・クリスティー賞を受賞。他の著作に『黒猫の接吻あるいは最終講義』『黒猫の刹那あるいは卒論指導』（以上早川書房刊）などがある。

HM=Hayakawa Mystery
SF=Science Fiction
JA=Japanese Author
NV=Novel
NF=Nonfiction
FT=Fantasy

黒猫《くろねこ》の薔薇《ばら》あるいは時間飛行《じかんひこう》

〈JA1181〉

二〇一五年一月二十日　印刷
二〇一五年一月二十五日　発行
（定価はカバーに表示してあります）

著者　森《もり》　晶《あき》麿《まろ》
発行者　早川　浩
印刷者　草刈龍平
発行所　株式会社　早川書房
郵便番号　一〇一 - 〇〇四六
東京都千代田区神田多町二ノ二
電話　〇三 - 三二五二 - 三一一一（大代表）
振替　〇〇一六〇 - 三 - 四七七九九
http://www.hayakawa-online.co.jp
乱丁・落丁本は小社制作部宛お送り下さい。
送料小社負担にてお取りかえいたします。

印刷・中央精版印刷株式会社　製本・株式会社明光社

ISBN978-4-15-031181-0 C0193

本書は活字が大きく読みやすい〈トールサイズ〉です。